KB069382

무림에 떨어진 현대인 **12** 완결

초판 1쇄 인쇄일 2022년 01월 17일 | **초판 1쇄 발행일** 2022년 01월 26일

지은이 청루연 | **펴낸이** 곽동현 | **담당편집 팀장** 이범수
편집부 정요한 최훈영 조혜진

펴낸곳 (주)조은세상 | 출판등록 제2002-23호
주소 서울특별시 동작구 동작대로1길 27 5층
TEL 02)587-2966 | FAX 02)587-2922
E-mail bukdu@comics21c.co.kr

청루연ⓒ2022
ISBN 979-11-391-0475-2 | ISBN 979-11-6591-687-9(set)
값 8,000원

무림에 떨어진

청루연 신무협 장편소설

현대인

완결

12

북두
1등는세상

청루연 신무협 장편소설

NEO ORIENTAL FANTASY STORY

CONTENTS

84章.

어여쁜 여인에게 음심(淫心)을 품고, 가진 자의 재물을 탐하며, 권력을 손에 쥐기 위해 수단과 방법을 가리지 않는 사람들.

역사가 탄생한 이래 인간들은 언제나 그렇게 욕망의 그늘 아래 춤사위를 벌였고 자신은 그런 그들을 사무치도록 증오했었다.

허나, 광대무변한 우주의 허무(虛無) 속에서 그런 인간들의 발버둥은 차라리 불꽃처럼 아름다운 것이었다.

성좌(星座).

그 아름다운 이름과는 어울리지 않게 우주는 생각보다 그리 찬란하지 않았다.

고차원적인 존재가 되어 새로운 세계를 만날 수 있다는 고양감에 들떠 있었으나 좌에 이른 자신에게 닥친 것은 끝없는 흑암과 허무.

저 위대하다는 좌들이 왜 그토록 하위 종의 의지를 조종하고 유희하며 살아갈 수밖에 없는지 그제야 깨닫게 된 것이다.

놀랍게도 그런 인간들의 추악한 이면이란 좌들의 유희에서 비롯된 것이었다.

인간의 심성에 악(惡)의 씨앗을 불어넣고는 타락하는 영혼을 지켜보며 희희낙락하는 존재들.

끝없는 우주의 허무 속에서 그들을 즐겁게 만들어 주는 애완견 같은 존재가 다름 아닌 인간과 같은 하위 종(種)들이었던 것이다.

그 사실을 알고 난 후로는 더 이상 사람을 증오하지 않았다.

오히려 우주의 위대한 성좌라는 그들이 더 추악해 보였다.

결국 자신은 좌들의 규율을 깨고 하위 종, 즉 인간종에 대한 수호를 천명했고 그렇게 오랜 전쟁이 시작된 것이다.

사실 좌들이 인간종에게 유독 더 관심을 갖는 이유가 있었다.

우주에는 무한한 하위 종이 존재했으나 유독 인간종에게서 성좌의 출현이 잦았다.

하위 종의 기나긴 문명 속에서 단 하나의 존재만이 성좌로 거듭나도 기적이라 여긴다.

허나 인간종의 문명은 아직 발원한 지 얼마 되지도 않았지만 좌에 오른 존재가 벌써 열을 넘어섰다. 하물며 계속 후보들이 늘어나고 있었다.

대수롭지 않게 여기던 성좌들이 인간종에게 관심을 가진 것도 그 시점부터였다.

인간종을 우주의 돌연변이라 여기고 견제하기 시작한 것.

지금까지 성좌들의 차원에서 '세력' 같은 것은 존재하지 않았다.

모두가 독립적으로 움직였고 서로의 영역을 존중해 주었으니 분쟁 따위가 생길 일이 없었던 것이다.

하지만 인간종에게서만 유독 연속적으로 성좌가 탄생하자 어느덧 세력이 형성되어 버린 것.

이 일은 태초부터 유지되어 온 질서를 위태롭게 만드는 사건이었기에 모든 성좌들이 격분했고, 마침내 인간종 출신 성좌들의 우두머리인 '존재를 부정하는 자'가 인간종의 수호신을 천명하면서 첫 번째 성좌대전(星座大戰)이 발발하였다.

기나긴 성좌대전으로 인해 인간종 출신의 성좌들은 불멸자라는 칭호에 걸맞지 않게 하위 종 수준의 존재력으로 퇴화하여 우주의 구석으로 도주해야만 했다.

하지만 존재(存在)를 부정하는 자.

오직 그만이 오롯했다.

힘을 쓰면 쓸수록 존재력을 잃어 가는 다른 성좌들과는 달리, 그는 오히려 전쟁을 통해 더욱 강력한 존재로 거듭나고 있었다.

성좌들은 '존재를 부정하는 자'의 마치 돌연변이와 같은 그런 능력을 유심히 관찰한 후 하나의 결론에 도달했다.

다름 아닌 그가 인간종의 뛰어난 잠재력 중 하나인 '무공(武功)'으로 성좌가 된 존재라는 것.

그것이 성좌대전 속에서 더욱 존재력을 키워 가는 그의 원동력이라 판단한 것이다.

그렇게 오랜 세월 전쟁이 지속되자 그는 성좌들 사이에서 더욱 공포로 군림했고, 이는 전쟁을 관망해 온 중립적인 성좌들까지 모두 군집하는 결과를 낳고 말았다.

존재를 부정하는 자를 뺀 나머지 모든 성좌들의 연합!

"결국 내가 졌군."

조휘는 머나먼 우주 창공을 응시하며 한없이 공허한 눈빛만을 발하고 있었다.

결국 자신은 마지막 대혈전에서 모든 존재력을 소진하고 패퇴하고 말았다.

인간종에게 또다시 자신과 같은 성좌가 출현하는 것이 두려웠던 성좌 연합은 모든 인간들의 영육(靈肉)을 찢고 집어삼킨 후 세계를 불태웠다.

그런 참혹한 결말이 자신의 뇌리 속에 마치 어제와 같이 선연히 새겨져 있었다.

"마지막에 날 도운 존재는 누구란 말인가."

성좌들이 아무리 위대한 존재라 하나 시공을 넘나드는 것은 오로지 창조신들의 영역이었다.

한데 그런 엄청난 창조신의 능력을, 몰래 인간종에게 연단술(煉丹術)이라는 형태로 심어 주면서까지 자신을 도울 이유가 있었단 말인가?

그들에게 자신은 우주의 이단아 같은 존재.

오죽하면 그들로부터 부여받은 칭호조차도 '존재를 부정(否定)하는 자'였다.

"그들의 의지란 참으로 모를 일이군……."

어쨌든 그 힘을 활용해 자신은 무수한 시간대에서 환생혼(幻生魂)으로 존재할 수 있었다.

고대 문명의 무공과 마법, 술법을 익혔고 중세 문명의 전장을 배웠다.

현대 문명의 이념과 학문을, 미래 문명의 찬란한 초과학을 완성했다.

무수한 삶 속에서 자신은 끊임없이 지혜를 궁구했으니, 그야말로 그 어떤 인생도 허투루 보낸 적이 없었다.

물론 간혹 천운을 감지하지 못하고 사고로 목숨을 잃는, 지독히 운 없는 결말도 있었지만.

조영훈의 인생 초반은 비록 볼품없었으나 원래의 계획은 중년에 이르러 현대의 행정과 정치를 배울 목적이었다.

"나는 그토록 두려웠던 것인가."

인간종이 이룬 모든 것을 배우려 들었던 것은, 혹시라도 자신이 성좌들의 전쟁에서 패배한다면 그것은 인간종의 멸종을 뜻하기 때문이었다.

사람의 유산을 짊어지고 이어 나갈 수 있는 이는 불멸자의 경지에 든 자신이 유일했다.

다시 시선을 옮겨 머나먼 창공을 응시하는 조휘.

'아직은 모르고 있겠군.'

저들은 아직 모르고 있었다.

인간의 영육을 섭식한 성좌들이 얼마나 위대한 힘을 지니게 되는지.

인간종의 영혼에 담긴 독특한 기질이란 그야말로 우주적인 보물이었다.

왜 하위 종에 불과한 인간에게 그런 엄청난 잠재력이 있는지는 누구도 알지 못했다.

사실 중립적인 성좌들까지 모두 전쟁에 참전한 것은, 처음에는 자신을 막기 위한다는 명분이었으나 결국은 인간의 영육을 서로 차지하기 위한 처참한 살육전의 서곡이었다.

원래라면 자신이 존재력을 숨긴 채 다른 시간대로 도주하면서 성좌대전은 끝나야 했지만, 그들은 그런 본래의 명분은 온데간데없고 끊임없이 서로 반목하며 두 번째 성좌대전을 벌였다.

조휘가 다시 침잠한 시선을 옮겨 지하 공동이 있는 포양호 변을 바라보았다.

과거에도 저 지하 공동에 숨어 있던 사람들을 뺀 나머지 모든 사람들의 영육이 성좌들의 전쟁으로 인해 희생되었다.

사실 지하 공동에 피신할 육백사십팔만 육천이라는 숫자에는 특별한 이유가 없었다.

천 년 이내에 '문명(文明)'이라 불릴 만한 수준까지 다시 인간종을 번성시키는 데 필요한 최소한의 인원, 단지 그런 계산의 일환일 뿐.

그런 몰락의 토대 위에서 자신은 인간종의 무수한 시간대에서 배운 모든 지식들을 다시 사람들에게 나눠 줄 것이다.

그런 지하 공동이, 사람을 구하는 목적이 아니라 단지 최후의 수단에 불과하다는 사실이, 조휘를 더욱 참혹한 심정으로 몰아넣고 있었다.

-그대여, 그대를 도대체 뭐라고 불러야 될지 모르겠소. 아직은, 아직은 아닐 것이오. 언젠가 이 모든 것들이 그대를 위한 예비임을 깨닫게 되겠지. 부디 우리 사람의 시간이 이어질 수 있도록 끝내 그 뜻을 이루소서. 사람을 지키는 어버이시여.

지하 공동에 새겨져 있던 장삼봉의 글귀.

자신이 자신에게 했던 그 당부가 너무도 부끄러워 차라리 죽고만 싶은 심정이었다.

모든 일의 출발은 사람을 지키고자한 자신의 알량한 오만.

역설적이게도 그런 자신의 오만한 선언이 오히려 인간종 최대의 불행을 낳게 되지 않았는가.

'하지만 이번에는 다를 것이다.'

조휘는 바닥에 버려져 있는 갓박스를 다시 조심스레 주었다.

그 어떤 것과도 맞바꿀 수 없는 미래 초과학의 결정체.

달마진경, 아니 뉴럴링크 칩은 인간종의 유일한 희망이었다.

수없는 실험을 통해 완성한 인간종 최대의 무기.

사실은 오랜 세월 동안 자신이 완성한 뉴럴링크 칩이란, 성좌들의 섭식을 돕는 도구가 아니라 인간을 새로운 존재로 각성시킬 수 있는 촉매제 같은 것이었다.

지금부터는 오히려 전력으로 뉴럴링크 칩을 생산하여 최대한 많은 사람들에게 나눠 줘야만 했다.

이내 조휘의 신형이 점멸하듯 사라졌다.

◆ ◈ ◆

"저, 저게 뭐유?"

"메, 메뚜기 떼?"

하늘을 새까맣게 덮고 있는 무언가를 바라보며 장일룡과 염상록이 동시에 경악하고 있었다.

마치 메뚜기 떼와 같은 거대한 검은 군집(群集)이 조가대상회의 상공을 까마득히 메우고 있는 것이었다.

그로 인해 갑자기 사위가 밤처럼 어둑해질 정도.

한데, 그런 군집의 중심에서 조휘가 오연히 부유하고 있었다.

조가대상회의 거대한 연무장을 향해 천천히 하강하고 있는 검은 군집.

그 군집이란 다름 아닌 조휘에 의해 통제되고 있었다.

차라라라라라라

일제히 군집이 쏟아진다.

그 양이 얼마나 엄청난지 연무장을 산처럼 가득 메울 정도였다.

멍하니 굳어 있던 장일룡과 염상록이 이내 신법을 일으켜 조휘의 곁에 도착했다.

"아니 이게 다 뭐냐?"

"이건 그 해괴한 다, 달마진경이 아니우?"

틀림없었다.

몸에 부착하기만 하면 고강한 무공과 법력을 얻게 된다는, 분명 저것은 무림맹이 뿌려 대고 있는 틀림없는 달마진경이었다.

도저히 그 수를 헤아리기조차 힘들 정도.

이 엄청난 양의 달마진경을 대체 어디에서 또 회수했단 말인가?

그렇게 갑작스럽게 기상천외한 기사(奇事)가 몰아치자, 동료들과 간부들이 조휘의 주위로 속속들이 도착하고 있었다.

조휘의 무심한 시선이 멍하니 입을 벌리고 있는 제갈운을 향했다.

"이걸 최단 시간 내에 강서 사람들 모두에게 나눠 줘."

제갈운이 사고가 마비된 사람마냥 말을 더듬었다.

"가, 가, 갑자기 그게 무슨 소리야!"

지금까지 무림맹이 뿌려 대는 달마진경을 막기 위해 얼마나 개고생을 해 왔는데 이걸 포양호 사람들에게까지 뿌려 대자고?

조휘가 가타부타 말없이 산처럼 쌓여 있는 뉴럴링크 칩 더미를 향해 묵묵히 걸어가더니 이내 두 개를 집어 들었다.

"이거 받아."

조휘가 내밀고 있는 뉴럴링크 칩을 멍하니 바라보고 있는 남궁장호와 장일룡.

"갑자기 이게 무슨 짓이냐!"

검을 빼어 들 기세로 무시무시한 눈빛을 발하고 있는 남궁장호.

조휘 스스로가 말하기를, 이 위험한 물건은 신좌라는 존재의 섭식을 돕는 흉악한 법보였다.

인간의 영혼을 나약하게 만드는 마물(魔物).

남궁장호는 그런 사악한 물건을 자신에게 건네는 조휘를 이해할 수 없었다.

언제나 건들거리며 익살을 잃지 않던 장일룡조차도 이번만큼은 진중한 태도가 되어 되묻지 않을 수 없었다.

"형님. 무슨 설명이라도 해 줘야 할 거 아니오. 이걸 우리에게 주는 이유가 뭐요?"

조휘가 여전히 내민 손을 거두지 않은 채로 음울한 얼굴을 했다.

"그냥 묻지 않고 받아 주면 좋겠는데."

"아니 형님!"

저 흉악한 물건을 이마에 부착하면 강력한 힘을 발할 수 있게 되지만 신좌의 손쉬운 먹잇감을 자처하게 되는 꼴. 지금이 자리에서 그 사실을 모르는 사람은 아무도 없었다.

허지만 조휘는 그런 동료들에게 해명하기가 너무나 힘들었다.

어찌 쉬이 동료들에게 설명할 수 있겠는가.

동료들의 혼란을 잠재우려면 그야말로 자신의 모든 치부를 드러내야만 했다.

도저히 입이 떨어지지 않아 머뭇거리고 있는 조휘를 향해 제갈운의 음성이 이어졌다.

"설명해 줘. 그래야만 해."

아무리 조가대상회의 구성원들이 강력한 연대감으로 뭉쳐 있다지만, 명분이란 각자 모두가 진심으로 납득할 때 형성될 수 있는 법.

"나다."

"무슨……?"

조휘의 모호한 태도에 제갈운이 고개를 갸웃거리자.

곧 그가 처연한 얼굴로 웃으며 허탈하게 뇌까리고 있었다.

"내가 신좌(神座)라고."

동료들에게 조휘란 워낙 예상할 수 없고 신비한 인간이었다.

더 이상 그에게 놀랄 것이 없을 거라고 여겼거늘 이제는 뭐? 본인이 신좌라고?

대관절 신좌가 누군가?

수천 년 동안 은막에서 중원 문명을 지배해 온 암류(暗流)이며, 중원의 절멸을 꿈꾸는 무시무시한 악마 그 자체인 자.

중원 사람들의 영혼을 모두 집어삼켜 우주적인 마(魔)가 되려는 사악한 존재다.

"하하, 뭐라는 거야? 대체 어떻게 네가 신좌가 되는 건데?"

제갈운이 실없게 웃다가 조휘의 진지한 얼굴을 대하더니 이내 심각한 표정이 되고 말았다.

"또 우리가 모르는 뭔가가 있는 거야?"

아니 도대체 어떻게 생겨 먹은 놈이길래 경천동지할 비밀이 수시로 튀어나오는 거냐!

"……."

도대체 이걸 어떻게 동료들에게 설명해야 할지 조휘는 도저히 입이 떨어지지 않았다.

장일룡이 부리부리한 호목을 빛내다 바닥에 주저앉았다.

"형님이 아무런 근거 없이 그런 말을 할 위인은 아니지 않수. 난 들을 준비가 다 됐수다."

남궁장호는 쉴 새 없이 검을 매만지고 있었다. 뭔가 불안해질 때면 나오는 그의 버릇이었다.

"그냥 믿고 따라 주면 안 되는가."

인간종 최초로 격을 돌파하고 성좌가 된 신화적인 존재이자, 무수한 우주성좌들의 반발을 무릅쓰고 인간종에 대한 수호(守護)를 천명한 오만한 성좌이며, 결국 대전쟁 끝에 패퇴하여 무한의 시간대에서 환생혼으로 도망쳐 온 역사를 믿어 줄 사람?

어차피 구구절절 설명해 봐야 아무리 자신의 동료들이라고 해도 쉬이 믿어 줄 리가 없을 터였다.

하지만 조휘는 왜 그런 마음이 들었는지는 몰라도 제갈운과 남궁장호에게만큼은 모든 것을 밝히고 싶었다.

"뭐, 뭐야?"

갑자기 조휘가 묵묵히 다가오더니 이내 손바닥을 펼쳐 자신의 머리를 움켜잡으니 제갈운은 당황할 수밖에 없었다.

한데 그때.

머리로부터 뜨거운 무언가가 밀려오는 느낌이 들더니 살면서 한 번도 느껴 본 적이 없는 강렬한 두통이 사정없이 몰려오기 시작한 것.

"으흑!"

하지만 그런 격통은 찰나에 지나지 않았다. 그야말로 금세 고통이 가시더니 이내 무수한 정보가 머릿속에 떠오르기 시작한 것이다.

"뭐, 뭐야 이게!"

지금까지 살면서 이토록 당황했던 적이 있었던가.

제갈운은 그야말로 혼비백산하며 미친 듯이 뒤로 물러나고 있었다.

"이, 이런 미친!"

머릿속에 수없이 떠오르고 있는 우주적인 비밀들.

지금까지 조휘, 즉 신좌가 겪어 온 모든 경험과 비밀들이 마치 화인처럼 자신의 기억 속에 새겨져 있었다.

그런 고차원적인 존재의 기억이란 평범한 인간이 섣불리 받아들였다간 미쳐 버릴 수도 있었지만 조휘는 충분히 생략하고 정제하여 제갈운에게 전달해 준 것이었다.

"아아⋯⋯."

제갈운은 차라리 눈물을 쏟아 내고 있었다.

대체 어찌 한 인간의 삶이 이토록 기구하며 처절하고 지독할 수가 있단 말인가?

그의 삶은 무한(無限)이었으나 그 장구한 시간이란 피눈물 나는 속죄(贖罪)의 시간이자 사람을 지키고자 하는 끝없는 사랑의 마음이었다.

어떻게 한 인간이 꿈꾸는 이상향이 이토록 맹목적일 수가 있단 말인가?

그 마음과 의지가 얼마나 대단하기에 스스로의 자아를 부숴 가면서까지 수백의 환생혼으로 살아갈 수가 있단 말인가?

존재(存在)를 부정(否定)하는 자.

그는 고작 우주의 수많은 하위 종 중 하나에 불과한 인간을 지키기 위해 우주의 모든 존재들을 부정했다.

성좌들 중에서도 으뜸가는 존재력으로 충분히 추앙받으며 오롯할 수 있었음에도, 가장 나락(奈落)에 서 있는 인간과 같은 자리에 서서 온 영혼을 불사르며 그들을 막았다.

연속된 실패, 수없이 이어지는 인간문명의 절멸 속에서도 그는 결코 포기하지 않았다.

악착같이 타 시간대로 숨어들며 성좌들의 눈을 피했고, 그렇게 무수히 생을 반복하며 차근차근 인과(因果)를 모았다.

그런 위대한 존재가 지금, 모든 인과를 모아 자신의 눈앞에 오롯이 서 있는 것이다.

제갈운의 두 눈에 비친 그는 더 이상 동료 조휘가 아니었다.

인간종을 수호하는 위대한 신성(神性).

그는 인류의, 사람의 아버지였다.

"……."

대체 무슨 말을 이어 가야 할는지 제갈운은 도저히 말문을 열 수가 없었다.

"나는 여전히 조휘다."

조휘의 대답에 담겨 있는 간결한 의미.

그것은 지금 자신의 모습 그대로를 받아들여 달라는 뜻이었다.

"도대체 무슨 일이 벌어진 것이냐?"

진득한 눈빛을 빛내며 다가온 남궁장호에게도 조휘는 똑같이 자신의 기억 일부를 전해 주었다.

"……."

하지만 의외로 남궁장호는 아무런 동요도 없이 그저 침중한 기색으로 굳어져 있을 뿐이었다.

한참이나 그렇게 서 있던 그가 곧 조휘를 향해 전에 없을 엄정한 예법으로 정중하게 포권했다.

"감사드립니다."

…….

아무리 포권을 밥 먹듯이 하는 포권충 남궁장호였지만 이건 그런 평범한 포권지례가 아니었다.

대체 남궁 형이 무엇을 내게 감사한단 말인가.

허나 조휘는 그 한마디에 말로 도저히 형언할 수 없는 감정이 북받쳐 그대로 눈물이 흘러내리고야 말았다.

지금까지 단 한 번도 '사람'에게 저런 진심 어린 감사의 뜻을 받아 보지 못했다.

지독하게 싸워 온 자신의 무한한 시간, 그 고독이 남궁장호의 저 한마디에 모조리 씻겨 내려가는 기분이 들었다.

말없이 남궁장호의 어깨를 툭툭 치던 조휘가 진중한 얼굴로 자신에게 다가오는 동료들에게도 모두 기억을 전해 주었다.

그렇게 장난스러웠던 장일룡과 염상록 심지어 백화린조차도 처참한 신음성만 흘릴 뿐 말문조차 열지 못하고 있었다.

이 와중에도 재잘거릴 수 있는 건 진가희가 유일했다.

"와 미친! 겁나 멋져!"

조휘가 살아온 그야말로 상상할 수도 없는 삶의 궤적!

그런 경이와 찬탄을 그 나름대로 표현하고 있는 진가희였다.

마치 소녀팬이 유명 연예인을 바라보는 듯한 반짝거리는 눈빛.

그런 진가희의 커다란 눈망울이 왠지 모르게 귀여웠던지 조휘가 은은하게 웃고 있었다.

그러다가 갑자기 소름이 돋은 조휘.

저 진가희가 귀엽게 느껴지다니!

곧 그가 정색하며 제갈운에게 다시 시선을 옮겼다.

"무슨 방법이 가장 효과적일까."

산더미처럼 쌓여 있는 달마진경을 바라보며 제갈운이 한없는 생각에 빠져들었다.

"으음……."

조가대상회가 비록 강호의 떠오르는 신성(神星)이라 하나 아직 그 영향력이란 무림맹에 비해 한참 모자랐다. 전통과 역사가 일천했기 때문이다.

게다가 무림맹이 뿌려 대던 저 달마진경을 마물(魔物)로 규정하며 중원의 절멸을 운운한 것은 다름 아닌 조가대상회.

상황이 이런 마당에 대체 무슨 명분으로 다시 조가대상회가 달마진경을 강호에 뿌려 댈 수가 있단 말인가.

하지만 제갈운의 그런 고민은 금방 끝이 났다. 답이 이미 정해져 있었기 때문이었다.

"무림맹의 협조를 구해야 해."

과연 제갈운의 생각은 자신과 같았다.

조휘가 무겁게 고개를 끄덕이며 입을 열었다.

"하지만 무림맹이 다시 그 일을 진행하려면 실추된 권위를 회복해야 하지."

허나 빌어먹게도 길고 긴 무림사에 찾아볼 수 없는 신적인 무위로 무림맹의 권위를 난도질한 것은 다름 아닌 자신이었다.

지금도 무시할 수 없는 수의 강북인들이 무림맹을 향해 수군거리고 있는 마당에 무림맹의 행사가 전과 같은 파급력을 지닐 수가 없는 것이었다.

그때 동료들 틈에 끼어 있던 무황이 묵묵히 앞으로 나섰다.

"정파인들을 진심으로 감복시키는 것은 힘이 아니라 명분과 도의로만 가능하다네."

그의 곁에 서 있던 만박자 제갈유운도 거들었다.

"단순히 상황을 돌파하는 것이 아닌 중원 무림 전체의 협조를 구하는 것이 목적이라면 전과 같은 방식은 자제하길 권고하네."

조휘는 묵묵히 모든 상황을 받아들이는 정파 명숙들의 그런 태도가 선뜻 이해가 되지 않았다.

"어찌 아무런 의문이 없으십니까?"

그렇게 지독하게 모든 달마진경을 없애려고 들었던 자신이었다.

그런 자신이 엄청난 양의 달마진경을 가져와 다시 강호에 뿌려 대자고 하는 데도 그들은 일말의 의심도 없이 그 일을 따르려는 것이었다.

무황이 허허롭게 웃으며 조휘의 동료들을 하나하나 바라보고 있었다.

"나는 저 의지견정한 소검주의 진심 어린 감사를 믿네. 또한 천하에 둘도 없는 지략가인 제갈가의 후손을 믿지. 저 우락부락한 녹림 후배의 정심(正心) 또한 믿을 만하다네. 또한 소검신(少劒神)을 누구보다 신뢰하고 있지."

"무황님……."

무황이 예의 허허로운 미소를 거두며 너른 포양호의 전경을 응시했다.

"물론 아직도 나는 모든 것이 얼떨떨하기만 하다네. 단순한 제갈가의 반란으로 시작된 일이라 여겼거늘 어째서 천하의 절멸로 이어질 수 있단 말인가. 어째서 자네를 바라볼 때면 이토록 슬픈 마음이 절로 인단 말인가."

"······죄송합니다."

"무엇이? 그 사죄의 의미 또한 나는 읽을 수 없다네. 이렇 듯 내게는 자네와 우애를 나눌 수 있는 청춘이 없어 아쉬울 뿐이지."

그때 우내삼협이 연무장에 나타났다.

서둘러 예를 취하는 남궁장호와 제갈운.

"우내삼협 어르신들을 뵙습니다!"

"어르신들을 뵙습니다."

우내삼협의 맏형이라 할 수 있는 화산대협제(華山大俠帝) 가 조휘를 바라보며 찬탄과 경이로 몸을 떨고 있었다.

"대체 어찌 사람에게서 이런 현기(玄氣)가······."

화산대협제는 거의 천지교태에 근접하여 자연경을 목전에 둔 무인.

지금 이 자리에서 조휘의 진정한 실체를 수박 겉핥기 정도 라도 살필 수 있는 유일한 사람이었다.

그는 도저히 믿을 수가 없었다.

소검신의 주위로 잔향처럼 퍼져 가고 있는 그윽한 선기(仙 氣)가 마치 인외지경처럼 느껴졌다.

그런 선기가 얼마나 깊고 현묘한지 차라리 악마적인 요기 (妖氣)처럼 느껴질 정도였다.

"대체 이런 힘이 무어란 말인가?"

인간이 이런 힘과 분위기를 지닐 수 있다는 것이 그는 도저히 믿겨지지가 않았다.

화산대협제는 누구보다도 무신(武神)과 친분이 두터웠던
무인.

이건 중원의 위대한 세 무인 중 하나였던 무신에게조차 느
껴 보지 못한 기이한 기도였다.

자연경의 경지로도 설명되지 않는, 그야말로 아득하고 오
묘한 느낌.

곁에 서 있던 법천대제승(法天大制僧) 역시 믿을 수 없다
는 듯 정신없이 불호만 외고 있었다.

"아미타불…… 아미타불……."

이런 오묘한 현기란 단순히 무학의 높낮이로만은 설명될
수 없는 것이었다.

존재 그 자체에서 오는 신묘한 영기(靈氣).

그 역시 차라리 불존의 현신을 대하는 것만 같았다.

조휘가 신좌에 이른 자신의 존재력(存在力), 즉 신력(神力)
을 느끼고 있는 정파의 위대한 세 무인을 바라보며 천천히 입
을 열었다.

"이리 가까이 오시지요."

그런 조휘의 말에 마치 홀린 듯이 걸음을 옮기고 있는 우내
삼협.

나란히 서서 호기심 가득한 얼굴로 자신을 쳐다보고 있는
그런 우내삼협으로 인해 조휘는 왠지 모를 흥이 돋아났다.

내가 사랑했던 것은 바로 이것이었다.

저 순수한 호기심.

인간의 무한한 열정들.

오랜 시간 인간들을 부단히 포기하지 못했던 것은, 저런 순수한 '사람의 열정'이 허무한 우주 속에서 얼마나 찬란히 빛나고 있는 가치인지 오직 자신만은 알고 있었기 때문이다.

사람이란 끝없이 진화하는 존재.

그 처절한 욕망조차도 아름답다.

조휘는 조가대상회에서 가장 먼저 뉴럴링크 칩을 경험할 대상을 우내삼협으로 정했다.

"이걸 받으시지요."

멍하게 각자 뉴럴링크 칩을 받아 드는 우내삼협.

"절 믿으신다면 그걸 이마에 가져다 대시면 됩니다. 그 이후로는 모든 것을 절로 알게 될 겁니다."

인간의 각성을 도와 전혀 다른 종(種)으로 진화시켜 줄 위대한 무기.

조휘, 아니 신좌(神座)의 인생 전부를 걸어 완성한 절대적인 병기가 그렇게 조가대상회의 인물에게 전해지고 있었다.

화산대협제는 우모침(牛毛針)처럼 미세한 무언가가 온통

뇌리를 휘젓고 다니는 기이한 느낌을 받고 있었다.

하지만 고통은커녕 기이한 열기와 함께 시원한 쾌감이 몰아쳤으며, 이내 자신의 시야와 감각이 엄청나게 확장되고 있음을 깨달았다.

"허어……!"

이게 도대체 어찌 된 영문이란 말인가?

중원에 존재하는 대부분의 무공 이론에서는 인간의 감각을 갈고닦는 것을 가장 중요하게 여겼다.

감각이 뛰어난 사람이야말로 자연지기를 더욱 풍부하게 느낄 수 있으며, 폭넓은 시계(視界)와 민감한 청각(聽覺) 역시 투로를 더욱 정밀하게 운용할 수 있는 필수적인 자질이었다.

그것이 바로 내공에 입문하기에 앞서 기를 느끼는 법을 먼저 배우고 초식을 몸에 새기기 전에 안법부터 익혀야만 하는 이유.

하지만 인간의 오감이란 한계가 있게 마련이었고 새롭게 감각이 열리는 것은 극도로 제한적인 확률로 발생하는 것이었다.

극한의 수련을 통해 깨달음에 든 무인이 새로운 경지를 개척하는 순간에 이르러서야 나타나는 초감각.

화경에 이른 무인이 미약하게나마 의념의 세계를 느낄 수 있는 것은, 진무화(眞武花)의 경지를 돌파해야지만 그런 염안(念眼)이 열리기 때문이었다.

한데, 그런 어떤 경지의 상승도 없이 그저 사물을 몸에 부착하는 것만으로도 자신의 모든 감각계가 열리며 확장되고 있으니 이 얼마나 당황스러운 일이란 말인가?

그야말로 모두 보이기 시작했다.

옅은 붉은빛을 띤 채 열꽃처럼 일렁이는 저 아지랑이들은 강렬한 태양지기(太陽之氣).

사방의 땅으로부터 증기처럼 푸르게 피어오르고 있는 것은 틀림없는 습기(濕氣)다.

자신의 주위로 너울거리는 청량한 연녹색 빛무리는 울창한 녹음으로부터 전해 오는 목(木)의 기운.

그 밖에도 땅(地)과 철(金)의 기운 등 그야말로 모든 음양오행의 기운들이 생생하게 자신의 감각을 두드리고 있는 것이었다.

화산대협제는 도무지 믿을 수 없었다.

천지간의 자연지기를 오롯이 느끼는 것은 중원 무학의 가장 위대한 경지인 자연경에 이르러서야 가능한 일.

그런 자연경에 이르는 것을 평생토록 꿈꿔 왔기에 지금의 현실이 이토록 거짓말처럼 느껴지는 것이었다.

그렇게 화산대협제가 음양오행을 느낄 수 있는 초감각을 만끽하고 있을 때 그의 동료들 또한 한껏 놀라며 동요하고 있었다.

"이, 이럴 수가……!"

"허어……!"

번갈아 신음성을 터뜨리며 놀라워하고 있는 법천대제승과 무당일우검.

그들로서도 평생토록 소원했던 경지가 곧바로 눈앞에 펼쳐지고 있으니 어찌 경악하지 않을 수 있겠는가.

하지만 그런 놀라움은 거기서 끝이 아니었다.

무당일우검(武當一憂劒)은 자신의 정신, 즉 사념계가 극도로 영활해지는 느낌을 받으며 전보다 더욱 놀라고 있었다.

"이, 이런?"

머리가 더없이 맑았다.

아이가 태어나 처음으로 말을 배울 때면 그 암기력과 창의력이 성인의 수십 배에 이른다고 전해진다.

무당일우검은 자신이 마치 그때로 되돌아간 듯한 느낌을 받았다.

수도 없는 명상으로도 끝내 풀지 못했던 자신의 모든 실타래들이 명확해지는 느낌.

머릿속에 어지럽게 얽혀 도저히 해결되지 않았던 난제들이 모조리 해답을 찾아 버린 것이다.

본능처럼 그의 우수(右手)가 움직인다.

모든 이치들이 구별 없이 섞여 함께 일원(一元)하였다.

뒤틀리고 번잡한 기운들이 정갈히 포개져 태허(太虛)로.

유순하나 서로 떨어지려는 기운들을 붙잡고 붙잡아 또 태허(太虛)로.

그런 그의 손짓이란 가히 세상 만물을 어루만지는 듯한 현묘한 춤사위.

곁에서 그 모든 것을 지켜보던 법천대제승이 경악의 얼굴로 굳어져 있었다.

"아미타불……! 자네 설마 그것은……!"

분명 그것은 진인(眞人)의 경지에 이른 무당 도사들이 수박의 겉핥기식으로 흉내 내는 수준이 아니었다.

천지간의 모든 이치가 오롯이 태허로 갈무리되어, 그야말로 상상할 수도 없는 위력을 발하고 있으니.

그것은 분명 장삼봉 조사 이후 단 한 번도 재현되지 못했던 천년 도가의 전설 혼원태극(混元太極)이었다.

자신의 손에 어린 혼원태극의 기운을 뜨거운 눈망울로 응시하고 있는 무당일우검.

평생토록 잡기를 소원했지만 늘 신기루처럼 허망하게 사라졌던 경지였다.

한데 그런 신비의 경지가 마침내 자신에게 찾아온 것이다.

그런 무당일우검의 모습을 빠짐없이 지켜본 법천대제승과 화산대협제 역시 크게 깨달은 바가 있어 잠시간의 상념에 빠졌고.

이어 그들 또한 미지의 경지를 동시에 완성하기에 이르렀다.

천지간을 가득 메운 매화향.

갑자기 천공에 현신한 거대한 금불상(金佛像).

그런 우내삼협을 멍하니 바라보고 있던 조휘의 동료들이 하나같이 신음성을 흘리고 있었다.

달마진경을 이마에 부착함과 동시에 신화적인 경지에 도달하고 있는 우내삼협.

허나 남궁장호는 그 과정에서 어떤 사특함도 느낄 수 없었다.

오히려 그들에게서 뿜어져 나오는 깊은 현기(玄氣)에 취해 가히 가슴이 청량해지는 기분이었다.

그제야 다시 흘러나오는 조휘의 목소리.

"단지 감각이 확장되고 열리는 것만으로도 인간은 무한한 가능성을 열 수 있어. 감각의 체화(體化)가 이토록 엄청난 효율을 내는 종(種)은 인간이 유일해."

더욱 담담한 표정으로 우내삼협을 응시하고 있는 조휘.

"저 세 어르신들은 지금 열 배 이상 존재력이 치솟았지. 단숨에 공허의 주계를 겪기 전의 나 정도가 된 거다."

제갈운이 지극히 놀라워하며 되물었다.

"허면 달마진경을 취한 사람들은 모두가 저렇게 변하는 거야?"

"아니. 재능과 잠재력은 모두 달라. 분명 가능성은 확장될 수 있지만 모두에게 동일한 경지가 열리는 것은 아니지. 저분들은 몇 번이고 수명을 초월한 강호의 절대적인 고수들이니까."

"적어도 전보다는 상승된다는 거군."

"물론. 그것도 엄청나게."

"으음……."

그때 갑작스런 장일룡의 의문.

"허면 무공을 익히지 않은 사람은 어떻게 되는 것이우?"

조휘가 자애롭게 웃었다.

"물론 무공은 존재력을 손쉽게 끌어올릴 수 있는 가장 효율적인 수단이긴 하지만, 그렇다고 단순히 한 사람이 발휘할수 있는 물리적인 힘이 존재력(存在力)의 전부는 아니야."

"그럼?"

"사고가 무한히 확장되어 새로운 정신 체계를 맞이하면 오히려 어떤 측면에서는 더욱 효과적일 수도 있는 거야. 전혀 예상하지 못했던 능력이 개화될 수도 있으니까."

"전혀 새로운 능력이라면?"

"확률의 영역을 무한히 파고든 자는 모든 현상을 계산하여 예지력을 얻을 수도 있을 것이고, 시공을 느끼는 감각이 특출한 사람은 공간전이(空間轉移)나 시간역행(時間逆行)과 같은 초능력을 얻을 수도 있지."

그렇게 들려온 조휘의 무심한 목소리에 제갈운은 경악하고야 말았다.

말이야 간단하지 예지력이라는 것은 전설로만 전해져 내려오는 신안통(神眼通)의 일종이었고, 공간전이나 시간역행이란 것도 도술(道術)의 신적인 영역이었다.

12

그런 신비한 경지란 충분히 실체가 존재하는 강호 무림과는 깊이부터가 달랐다.

"그렇다면 일반 양민들 중에서 오히려 더욱 존재력이 뚜렷한 존재가 출현할 수도 있다는 뜻이네?"

조휘가 묵묵히 고개를 끄덕거리다 대답을 이어 갔다.

"당연하지. 오히려 진각성을 이룬 자는 양민들 중에서 더욱 많이 출현했었다."

"진각성(眞覺性)……?"

"존재력의 절대치에 따라 구분을 두었었지."

"아……."

그런 조휘의 설명을 듣고 있자니 제갈운은 점차 열정에 부풀어 올랐다.

인간으로서 신적인 존재들과 전쟁을 벌이는 것은 그야말로 아득하고 무서운 일이었는데 드디어 희망이 보이기 시작한 것이다.

만약 중원에 존재하는 모든 사람들을 모두 각성시킬 수만 있다면?

개인으로는 감히 좌들과 대적할 수 없겠으나 힘을 합친다면 결코 불가능한 일만은 아닌 것이다.

하지만 이어진 조휘와 남궁장호의 대화에 금방 침울해지고 말았다.

"과거에도 너는 다른 환생혼으로 이미 전쟁을 치른 경험이 있지 않느냐? 그땐 어째서 진 것이지?"

조휘가 정확하게 설명해 주진 않았지만 저 우내삼협이 방금 이룬 각성조차 진각성 같아 보이진 않았다.

무공의 경지가 아무리 높아진다 한들 시간을 역행하거나 미래를 예지할 수 있는 능력에 비한다면 급이 떨어지는 것이 사실이니까.

그렇게 진각성자들의 능력이란 가히 상상을 초월하는 경지이거늘, 그런 초월자들과 함께 전쟁을 치르고도 패배를 했다니?

"아군의 수가 너무 부족했지."

"수가 부족했다고?"

선뜻 받아들이기 힘든 남궁장호.

어떻게 억(億)에 달하는 인간들이 수에서 밀릴 수가 있단 말인가?

궁금증을 토로하는 제갈운.

"그게 무슨 소리야? 격을 돌파하여 우주적인 존재가 된 좌들이 그렇게 많을 리가 없잖아?"

조휘가 건네준 기억으로 미뤄 볼 때, 하나의 문명당 한 명의 존재만 좌(座)가 되어도 그것은 분명 기적에 가까운 일이었다.

인간종이 특별해서 여러 명 튀어나온 것뿐이지 그것이 일반적인 우주의 범론.

허나 조휘는 씁쓸하게 웃을 수밖에 없었다.

아직 중원 문명은 우주가 얼마나 광대무변한지 그 개념조차 확실치 못했다.

"저 태양과 같은 별(星)이 모여 은하수(銀河水)를 이룬다. 대략 삼천억 개가 모여 있지. 물론 이것도 추정이다."

조휘의 손가락이 향하고 있는 태양을 바라보며 멍한 표정을 하고 있는 제갈운.

"가, 갑자기 그게 무슨 소리야?"

"일단 들어. 쌍성계(雙星界)나 다성계(多星界)도 있지만 저 태양과 같은 별들은 기본적으로 열 개 내외의 행성을 거느린다."

"행성(行星)?"

아직 중원 사람들의 인식 체계로서는 이 지구가 온 우주의 중심.

이 개념부터 부숴 줘야 하는데 막상 행성을 설명하려고 하니 처음부터 막히고 만 것이다.

가만 생각해 보니 지동설은 차치하고서라도 이 지구가 원 구라는 것조차 이들이 순순히 받아들일 리 없는 것이다.

행성을 거느린 별들의 수만 해도 우리 은하에만 삼천 억 개.

그런 은하가 우주에 수천억 개나 더 존재한다는 지식을 전해 주고 싶었다.

하지만 뿌리 깊이 박혀 있는 동료들의 고정관념을 파괴하는 것부터가 저들에게는 경천동지할 일이니 결국 조휘는 포기하고야 말았다.

"그냥 간단히 말해 대우주에 존재하는 문명의 개수가 우리 사람의 수보다 많다."

"뭐, 뭐라고?"

"아니 그게 무슨 개소리요!"

"마, 말도 안 돼!"

나직이 한숨을 쉬는 조휘.

"사실이다. 내가 거짓을 말할 이유는 없잖아."

고성을 지르는 다른 동료들과는 달리 오직 제갈운만큼은 침잠한 눈빛으로 두려움에 떨고 있었다.

"그럼 네 말은……."

제갈운이 차마 언급하기도 두려운 듯 말꼬리를 흐트리고 있자 남궁장호가 도와주었다.

"허면 사람의 수보다 좌(座)들의 수가 많다는 뜻이냐?"

무심한 얼굴로 고개를 끄덕이고 있는 조휘.

"더 많지."

그때 들려오는 비명에 가까운 제갈운의 음성!

"도, 도대체 얼마나? 얼마나 많은 건데?"

조휘가 길게 한숨을 쉬다 동료들을 훑어보았다.

절멸의 당사자들 앞에서 도저히 진실을 숨길 수가 없었다.

"인간종 개체의 열 배."

"뭐, 뭐라고!"

"싯팔! 미친!"

85章.

　얼마나 충격이었던지 제갈운은 목소리까지 갈라진 채로 비명을 질렀다.

　"그건 너무 말도 안 되잖아!"

　격(格)을 돌파하여 좌(座)에 이르는 길이 얼마나 지고한 수련과 무한한 깨달음을 필요로 하는지 제갈운은 너무나도 잘 알고 있었다.

　육존신(六尊神)이 그토록 신좌를 흠모하며 천 년 이상 극고의 노력을 기울였지만 그 위대한 무인들조차도 어느 하나 좌에 이르지 못한 것이다.

　달마의 실험체이자 제자들인 육존신은 무림의 위대한 전

설인 삼신(三神)보다도 더한 상위의 고수들.

그런 인외지경의 무인들도 결국 이루지 못한 것이 좌의 경지인데, 그런 좌의 경지를 이룬 존재들의 수가 천하에 존재하는 모든 사람의 열 배에 달한다니!

상황이란 것도 어느 정도 납득이 가야 받아들일 수 있는 법이거늘 도대체가 이건 너무 현실성이 떨어지는 주장이 아닌가?

"엄연한 사실이다."

야속하게도 조휘는 그저 담담한 표정만 일관할 뿐이었다.

저 냉철한 놈이 저리도 진지한 표정과 음성으로 확고하게 말한다면 그건 틀림없는 진실일 터.

하나 아무리 조휘를 믿고 싶어도 이건 도가 지나치지 않은가?

"그럼 애초에 우리 사람 측이 이길 수 없는 싸움이 아니냐?"

남궁장호의 심각한 질문에 조휘는 예의 담담한 얼굴로 고개를 끄덕인다.

"역시 그럴 수도."

"아니!"

제갈운은 거칠게 뭐라 항변하려다 결국 입을 열지 못했다.

이 승산도 없는 전쟁을 승리하기 위해 수백여 환생혼을 전전하며 인과율을 모아 온 존재가 다름 아닌 조휘라는 것을 모르지 않았기 때문이다.

한데 그때.

삐빅-

〈여러분의 눈앞에 서 있는 존재를 의심하지 마십시오. 이분은 성좌들조차 두려워하며 경배해 마지않는 신성 '존재를 부정하는 자'이십니다. 진정한 신(神)이며 좌(座)로 불려 온 이분은 여러분의 수호자임과 동시에 무한한 시간대에서 성좌들과 전쟁을 치러 온 '최초의 대적자'이십니다.〉

그렇게 조휘가 품에 갈무리하고 있는 예의 원반에서 갑작스럽게 유창한 중원어가 튀어나왔다.

지극히 당황해하며 말문이 막히고 마는 조휘의 동료들.

그들의 입장에서는 무생물인 검(劍)이나 도(刀) 따위가 갑자기 말을 걸어온 것이나 마찬가지니 그야말로 기절초풍할 노릇인 것이다.

조휘가 씁쓸하게 웃으며 동료들의 동요를 달래 주었다.

"법보(法寶)잖냐."

맞다 법보지!

신비도맥의 법보들은 상상할 수도 없는 법력이 깃들여져 있는 터.

조휘의 동료들은 깊은 신음성을 터뜨리면서도 왠지 납득하고 말았다.

이제 궁금해진 것은 원반에서 흘러나온 음성의 내용.

"그러고 보니……."

제갈운의 입이 점차 벌어진다.

분명 조휘의 괴이한 기억 전송술을 통해 그가 인간을 지키기 위해 모든 우주 성좌들과 오랜 전쟁을 벌여 온 역사를 알고 있었다.

자신을 제외한 나머지 모든 좌들과 전쟁을 벌여 온 '존재를 부정하는 자.'

하지만 좌들의 수를 가늠할 수 없었던 전과는 달리 이제는 그 사실이 결코 가볍게 들리지 않았다.

도저히 믿을 수 없었던 것.

"너는…… 너는 도대체 얼마나 강한 거지?"

사실 이 문제는 개인적인 궁금증도 있었지만 중원 문명의 존속이라는 중차대한 사안이 걸려 있었기에 반드시 알아야만 하는 일이었다.

상대의 전력보다 아군의 전력을 먼저 가늠하는 것은 병법의 오랜 원칙.

조휘가 곤혹스러운 얼굴을 하다가 이내 허탈하게 뇌까렸다.

"내겐…… 다른 좌들에게는 없는 특별한 능력 하나가 있다."

우주의 무수한 성좌들이 결코 흉내 낼 수 없는 '존재를 부정하는 자'의 능력.

그의 위대한 능력이란 가히 창조자들의 경지에 비할 수 있었기에 신 중의 신 좌 중의 좌, 신좌라 불리는 것이었다.

대개 신좌의 능력이란 그 이름에 걸맞은 특성을 지니게 되는 법.

"나는 모든 것을 부정(否定)하는 자. 그것은 우주적 법칙도 예외가 아니지."

"우, 우주적 법칙이라면?"

그렇게 제갈운이 침을 꿀꺽 삼키며 되물었을 때 조휘가 담담히 하늘을 올려다보며 입을 열고 있었다.

"우주의 법칙 중 가장 절대적인 상수(常數)로서 존재하는 것은 시공(時空). 그중에서도 난 시간을 부정하는 능력이 탁월하다."

우주의 절대적인 법칙인 '시간'을 부정할 수 있다고?

제갈운은 그 개념조차 명확히 이해가 되지 않았다.

"시간을 부정한다는 것이 어떤 결과로 이어질 수 있다는 거냐?"

"말 그대로다."

그 순간 조휘의 전신에서 추측할 수 없는 현묘한 기운이 흘러나왔다.

"난 상대의 시간을 부정할 수 있지."

영민한 두뇌의 제갈운은 그 말을 듣자마자 온몸이 전율에 휩싸였다.

내 시간을 부정할 수 있다?

사람에게 시간이란 평생을 쌓아 온 모든 것이었다.

내 기억, 내 경험, 내 성취.

그 모든 것을 부정할 수 있다는 것이 얼마나 두려운 뜻인지 결국 깨달은 것이다.

"보여 주지."

이어 조휘는 무뚝뚝한 얼굴로 염상록에 걸어가더니 그에게 손을 뻗었다.

순간.

팟-

바람이 스치는 듯한 파공음이 일더니 염상록이 말 그대로 한순간에 사라져 버렸다.

그렇게 모두가 식겁하며 당황해하고 있을 때 조휘가 시간을 부정하던 자신의 존재력을 회수했다.

방금 자신에게 무슨 일이 일어난지도 모른 채 그저 멍한 표정으로 조휘를 바라보고 있는 염상록.

"방금 난 그의 모든 시간을 부정했다."

"허……!"

"마, 말도 안 돼!"

"아미타불……!"

조휘의 동료들, 무황과 만박자, 우내삼협 등 모두가 경악성을 내지르며 자신들의 두 눈을 의심하고 있었다.

상대의 시간을 부정하는 것이란 단순히 관념적인 것에 그치는 것이 아니었다.

물리적인 성장, 즉 육체의 시간까지도 부정할 수 있다는 것!

방금 염상록은 자신의 존재가 현세에 나타나기도 전, 즉 태아(胎兒) 시기 이전까지 그의 모든 시간이 부정된 것이다.

"도대체가……!"

말이 상대의 시간을 부정한다는 것이지 솔직히 이건 그냥 소멸(消滅)이나 마찬가지가 아닌가?

그런 솔직한 심정을 장일룡이 가장 먼저 드러내고 있었다.

"흐흐! 이건 뭐! 상대가 어떤 놈이건 형님 앞에만 서면 바로 뒈질 수밖에 없다는 뜻이 아니우?"

조휘가 고개를 가로저었다.

"그건 아니다. 내가 상대의 시간을 부정하는 만큼만 부정될 뿐, 내 의지가 사라지면 곧바로 되돌아온다."

"그런 힘의 원천이 네 신력, 아니 존재력이냐?"

남궁장호의 직설적인 물음에 묵묵히 고개를 끄덕이는 조휘.

"허면 이론상 네 존재력이 무한히 발휘된다면 상대는 사실상의 소멸을 맞이한 것이나 마찬가지가 아니냐?"

"그도 그렇지."

"허……."

그제야 남궁장호는 조휘가 '신좌'라는 것을 절감하고 있었다.

우주적인 성좌들이 왜 조휘를 그토록 두려워하는지 비로소 이해가 된 것이다.

"어쨌든 널 정면으로 상대할 수 있는 존재는 이 우주에 존재하지 않겠군."

조휘는 굳이 부정하지 않았다. 그것이 사실이었으니까.

우주의 위대한 좌들이 자신을 공략하려고 무수한 시도를 해 왔지만, 상대의 시간을 부정하는 이 능력 하나만으로 조휘는 철저하게 그들을 파멸시켰다.

"하지만 내 존재력 역시 무한한 것은 아니니까. 그들 모두가 한꺼번에 이 중원에 강림한다면 나로서도 방법이 없다."

"됐어. 그 정도면."

비로소 제갈운은 희망을 걸어 볼 만하다고 생각했다.

눈앞의 친우가 전 우주의 좌들과 전쟁을 벌여 온 미친놈이라는 것.

더욱이 우주의 법칙마저 무시하는 그 능력의 실체까지 확인한 마당이었다.

"네 안배대로 인간이 모두 각성하기만 하면 진짜 해볼 만하다는 거겠지?"

"가능성은 훨씬 높아진다."

불현듯 의문을 드러내는 장일룡.

"그럼 각성에 성공만 한다면 우리 한 명 한 명도 저 무식한 좌들과 맞상대가 가능하다는 뜻이우?"

조휘가 고개를 가로저었다.

"그건 아니다. 방금 각성을 마친 우내삼협 선배님들 정도라면 죄송한 말씀하지만 좌들에 비할 수는 없습니다."

곧장 침중하게 얼굴이 굳어지는 우내삼협.

끝내 자연경을 돌파하고 그야말로 인외지경에 다다른 자

신들조차도 좌들에게 미칠 수 없다니!

"그럼 승산이 아예 없잖수!"

"관건은 진각성자들이다."

"진각성자(眞覺性者)?"

조휘가 더욱 침중한 어조로 말했다.

"진각성자, 그중에서도 상위의 초능(超能)을 개화한 자가 여럿 있었다."

"과거의 절멸 때를 말하는 거겠지?"

한 차례 묵묵히 고개를 끄덕이던 조휘가 다시 입을 열었다.

"한 사람이 있었다. 초열백화(焦熱白花)라 불렸지. 그는 수십여 명의 좌들을 동시에 불살라 버리는 염화(念火) 능력을 지니고 있었다. 그의 새하얀 불꽃에 휘말린 좌들은 그 고결한 영혼까지도 모두 소멸될 수밖에 없었지."

"……뭐?"

좌의 또 다른 이름은 불멸자다.

그런 불멸(不滅)의 존재들이거늘 어찌 영혼이 소멸될 수 있단 말인가?

"신아수라(新阿修羅)라는 녀석은 식(食)의 칼날(刃)을 부릴 줄 알았지. 그의 칼에 베인 좌들은 모든 존재력이 흡수당해 다시 하위 종으로 퇴화될 수밖에 없었다. 소멸보다 더한 치욕을 선사하는 그를 좌들은 가장 증오하고 두려워했지."

그 밖에도 조휘의 입에서 무수한 영웅들의 신상과 능력이

51

흘러나왔다.

그의 동료들로서는 상상도 하지 못할, 그야말로 가공할 위력을 지닌 존재들이었다.

"내가 절멸을 막을 장소로 굳이 이 중원을 택한 것은, 바로이 무림의 시대가 진각성자의 탄생 확률이 가장 높았기 때문이다. 그리고⋯⋯."

그런 조휘의 말을 모두 듣고 보니 절멸의 때, 인간이 맞이할 전쟁의 양상은 오직 진각성자 수에 의해 결정되는 것이나 마찬가지인 셈이었다.

그런 진각성자가 유독 높은 확률로 탄생하는 시대가 바로이 중원의 시대, 즉 강호무림.

그것이 오랜 세월 무수한 좌절과 시행착오를 겪어 온 조휘의 선택이었다.

"적어도 우리 측에 진각성자가 십만 정도만 있었다면⋯⋯적어도 한 번쯤은 절멸을 막아 냈을지도 모른다."

이쯤 되니 모든 동료들이 자신의 잠재력을 확인하고 싶어했다.

묵묵히 걸어가 산더미처럼 쌓여 있는 뉴럴링크 칩 중 하나를 집어 드는 남궁장호.

이어 그는 망설임 없이 뉴럴링크 칩을 자신의 이마에 부착했다.

순간.

육중한 대지의 기운이 솟구친다.

마치 이 순간만을 기다렸다는 고대 대지의 영령(英靈)이 그의 전신을 휘감기 시작한 것이다.

그렇게 칙칙하고 거센 기운에 휘감긴 남궁장호를 바라보며 조휘의 입매가 금세 희열로 비틀렸다.

"설마 남궁 형이!"

남궁장호가 걸치고 있는 모든 의복이 형체도 없이 사라진다.

마치 거대한 산처럼 화(化)하고 있는 그의 육체를 의복 따위가 견딜 리 만무했다.

그제야 비로소 확신한 듯 조휘의 음성이 신음 소리처럼 들려왔다.

"진각성……!"

수십 장에 이르는 거대한 신장.

미칠 듯이 부풀어 오른 근육들.

그 모습이 마치 고대 전설 속의 거인 같다.

장일룡은 자신이 꿈꾸는 완벽한 이상향이 된 남궁장호를 바라보며 홀린 듯이 중얼거렸다.

"저, 저 무시무시한 천신이 정말 남궁 형이우?"

정말로 남궁장호는 순식간에 천신(天神)처럼 변해 버렸다.

천상의 하늘문을 지킨다는 수호신장.

조휘가 경외감과 남다른 감회가 반씩 섞인 표정으로 호쾌하게 고개를 끄덕였다.

"진정 놀랍군. 남궁형이 타이탄이라니."

"타이탄? 그게 뭐유?"

어느새 뿌듯한 표정으로 남궁장호를 바라보고 있는 조휘.

"중원 말로 하면 거신(巨神)쯤 되겠군. 남궁 형은 가장 대표적인 격투형 진각성자다. 어떤 전장에서도 위력을 발휘할 수 있는 범용적인 유형이지."

제갈운이 멍하니 남궁장호를 올려다보다 홀린 듯이 중얼거렸다.

"도대체 우리…… 인간은 어떤 존재냐?"

아무리 촉매를 통해 각성했다지만 어떻게 인간이 이렇게 삽시간에 전혀 다른 유형의 거인으로 변할 수 있단 말인가?

"확실히는 모른다. 그건 창조자들만 알겠지. 다만 사람이 우주에서 가장 놀라운 재능과 역량, 잠재력을 지닌 것만은 확실하다. 마치 창조주가 좌들을 제압하기 위해 키운 비밀병기 같을 정도지."

한데 그때.

-크아아아합!

마치 태산이 포효하는 듯한 강대한 기합성과 함께 거신(巨神)이 기수식을 펼치기 시작했다.

남궁세가가 자랑하는 창궁무애검(蒼穹無涯劍)의 기수식이었다.

엄정한 얼굴로 자신의 몸을 점검하는 그의 두 눈은 마치 천공의 별빛처럼 찬란하게 빛나고 있었다.

조휘가 흡족한 듯 웃었다.

남궁세가의 제왕검법을 구사하는 타이탄이라니!

역시 강호무림이다!

조휘가 이를 꽉 깨물며 천공을 응시했다.

"이번에는 정말 만만치 않을 거다."

모두가 입을 떡하니 벌린 채 천신과 같은 위용을 뽐내고 있는 남궁장호를 멍하니 바라보고 있었다.

그는 그 거대한 동체가 도저히 믿기지 않을 만큼 민첩한 몸놀림으로 남궁세가의 제왕검식(帝王劍式)을 소화하고 있었다.

마치 머나먼 고대에 존재했다는 거신족(巨神族)을 보는 것 같았다.

-실로 대단하다!

검초의 시연을 끝낸 남궁장호는 코를 벌름거리며 희열에 몸을 떨고 있었다.

그가 그렇게 거칠게 숨을 몰아쉴 때마다 콧구멍으로 연신 허연 김이 뿜어져 나왔다.

상상도 하지 못했던 엄청난 힘이 내부로부터 끊임없이 차오르고 있었다.

무엇이든 파괴할 수 있을 것만 같은 그런 전능감과 고양감을 태어나서 처음으로 겪어 본 것이다.

이 천하(天下)조차 실로 좁게만 느껴질 정도.

한 아름 팔을 벌려 으스러지게 안으면 천하의 모든 것을 파괴할 수 있을 것만 같았다.

한데 달마진경을 장착한 후 감각이 무한히 확장되기 시작하자 마치 신의 목소리처럼 들려온 그 음성은 대체 무엇이란 말인가?

그의 음성을 듣는 즉시 자신의 몸이 즉각적으로 태동하듯 화답했고 그런 찰나의 순간에 거인으로 화해 버렸다.

그런 숨 막히는 고양감과 의문이 교차되는 와중에 남궁장호가 잠시 여유를 되찾았을 때.

"와, 남궁 형 실화야?"

자신을 올려다보고 있는 조휘의 시선을 살피던 남궁장호가 기겁을 하며 두 손으로 자신의 하물(下物)을 가렸다.

-헉⋯⋯!

이런 미친!

발가벗겨진지도 모르고 장장 한 식경 동안 미친 듯이 덜렁거리며 새로운 육체를 점검했단 말인가!

집채만 해진 자신의 거시기가 미친 듯이 덜렁거리는 광경을 모두에게 보여 주었다고 생각하니 그야말로 미치고 환장할 노릇!

"장호 오라버니가 저 정도 대인(?)이었을 줄이야……."

홍시처럼 붉어진 얼굴을 감싸 쥔 채 부끄러워하고 있는 진 가희.

어이어이.

대인(大人)의 의미가 그 대(大)는 아닐 텐데?

"와 씨! 사마중 공자는 그냥 애새끼잖아?"

백화린의 그런 감탄에, 사마중이 거칠게 고함치며 항변했다.

"저건 반칙이오! 인정할 수가 없어! 이보시오 소검주! 원래 대로 되돌아오시오!"

그렇게 모든 동료들이 낄낄거리며 익살을 떨어 대자 남궁 장호가 육중한 발을 정신없이 쿵쿵 놀려 저 멀리 뒷산으로 사 라져 버렸다.

염상록이 이를 악물며 달마진경 하나를 부여잡았다.

"그럼 이 나도……!"

저 재수 없는 남궁 놈이 천신(天神)이 되어 버렸는데 절대 로 질 수가 없었다.

이윽고 염상록이 뉴럴링크 칩을 자신의 이마에 가져다 댄 순간.

그 역시 평생 한 번도 느껴 보지 못했던 기이한 감각이 무 한히 확장되는 느낌을 만끽하고 있었다.

그렇게 반각 정도가 지났을까.

솟구치는 전능감을 도저히 참을 수 없었던 그가 신속하게 경신법을 일으켰다.

팟!

마치 섬전처럼 시야에서 사라져 버린 그를 믿을 수 없다는 얼굴로 지켜보고 있는 조휘의 동료들.

허나 조휘만큼은 아쉽다는 듯 입맛을 다시고 있었다.

"그는 가속 계열이군."

"가, 가속(加速)?"

방금 그의 섬전과 같은 움직임은 중원 천하에 존재하는 그 어떤 경신법으로도 설명될 수 없는 놀라운 것이었다.

천하제일의 경공으로 이름 높은 개방의 질풍운룡행(疾風雲龍行)도 저 정도의 경지는 아니었다.

"가속 능력자는 평범한 축에 속하지. 진각성은 아니야."

사실 염상록은 검술보다도 오히려 수라섬전풍(修羅閃電風)이라는 경신법에 더욱 성취가 높았던 무인이었다.

각자가 지닌 재능과 잠재력을 최대한도로 각성시켜 주는 뉴럴링크 칩의 특성이 유감없이 발휘된 것이다.

팟!

가벼운 파공음과 함께 다시 장내에 나타난 염상록이 동료들을 바라보며 믿을 수 없다는 듯 중얼거렸다.

"하, 한 바퀴를 모두 돌았다!"

장일룡이 호기심 가득한 표정으로 되물었다.

"어디를 다녀왔다는 것이우?"

"포양호를 모두 돌았다고!"

"뭐, 뭣이!"

너른 포양호의 둘레란 웬만한 성(省)의 경계와 맞먹을 만큼 길고 길었다.

그런 엄청난 거리를 불과 반각도 되지 않아 모두 돌았다고?

이 중원 강호에 존재하는 경공술로는 도저히 설명될 수가 없었다. 도가의 전설적인 신선도술인 축지법(縮地法)이라면 또 모를까.

그렇게 모두가 멍하니 조휘를 응시하고 있었다.

저런 엄청난 수준의 능력조차 흔한 각성에 불과하다고 폄하해 버리는 그를 도저히 이해할 수 없었기 때문이다.

새삼 진각성(眞覺性)이란 것이 얼마나 엄청난 진화인지를 깨닫게 되는 조휘의 동료들.

"히힛, 그럼 나도……."

이번에는 진가희가 잔뜩 호기심 어린 얼굴로 각성을 시도했다.

평소 범상치 않음을 뽐내 온 그녀였기에, 조휘의 동료들 역시 한껏 기대감 섞인 표정으로 그녀를 바라보고 있었다.

순간.

코를 찌르는 듯한 진한 혈향(血香)이 사위를 집어삼킨다.

스스스스스스스-

밀려오는 스산한 소리.

어느덧 일어난 핏빛 안개가 그녀의 전신을 애무하듯 희롱하고 있었다.

조휘의 두 눈이 금방 이채를 발했다.

전과는 비교조차 할 수 없는 막강한 존재력이 그녀에게서 뿜어져 나오고 있었기 때문이다.

한데, 그녀의 각성 형태는 무한한 경험의 소유자인 조휘로서도 금시초문인 형태였다.

진가희가 여전히 자욱한 핏빛 안개의 중심에 서서 당황해하고 있었다.

"당신 누구야!"

남궁장호가 그랬듯 그녀 역시 묘한 환청에 시달리고 있었다.

사방으로부터 들려오는 신비한 음성에 그녀 역시 소스라치게 당황하고 있는 것이다.

조휘의 안색이 더욱 굳어졌다.

그녀에게서 뿜어져 나오고 있는 존재력이 상상할 수 없을 만큼 거대해지고 있는 것.

이 정도면 좌들조차 두려움에 떨게 만들었던 초열백화(焦熱白花)나 신아수라(新阿修羅) 같은 존재들과 비등한 경지이지 않은가?

조휘가 서둘러 진가희에게 다가가 소리쳤다.

"지금 어떤 종류의 고양감을 느끼고 있는 거지?"

"조, 조휘 오빠? 세상의 모든 피가 느껴져!"

"피(血)……?"

잔뜩 찌푸린 미간으로 당황해하고 있는 조휘.

"피가 뭘 어쨌다는 건데? 그 피로 뭘 할 수 있냐고!"

"아이 참!"

서서히 상공으로 치솟는 진가희.

"피는 하늘이 부여한 생명의 약속이야! 무슨 다른 표현이 있겠어?"

"새, 생명의 약속?"

진가희는 이 넓디넓은 천하에 역동하는 모든 생명의 기운, 즉 자연의 혈류(血流)를 느끼고 있었다.

순간, 조휘조차 아득하게 느껴질 정도로 그녀의 존재력이 치솟는다.

그렇게 상상할 수도 없이 치솟는 그녀의 존재력에 조휘가 서둘러 뒤로 물러났을 때.

그녀의 주위로 아지랑이처럼 피어오른 핏빛 안개가 스멀스멀 사방으로 뻗어 가더니 모든 동료들을 휘감았다.

"아아!"

"뭐, 뭐야 이게!"

모든 동료들이 지극히 놀라며 당황해하고 있을 때 조휘만은 그 진가를 알아채며 경악하고 있었다.

"버퍼(buffer)?"

아니 이건 고작 버퍼 따위가 아니었다.

미친 듯이 요동치는 혈류.

거칠게 맥동하는 심장.

그녀의 핏빛 안개가 자신의 몸에 닿는 순간, 거대하게 일어난 활력(活力)이 자신의 몸을 최상, 최적의 상태로 만들어 버린다.

더욱이 그간 중원에서 생긴 크고 작은 상처들까지 모조리 흔적도 없이 사라지고 있었다.

마치 태어난 직후처럼 새뽀얗게 변해 버린 자신의 살결.

이런 엄청난 광역 힐링(healing)은 이전의 그 어떤 환생에서도 경험해 보지 못한 종류였다.

의심할 나위 없는 진각성자(眞覺性者).

그것도 전장에서 최고의 효율을 자랑하는 엄청난 광역 힐러!

힐러 계열의 진각성자는 출현 빈도가 극히 낮아 그 희소성과 가치란 남다른 것이었다.

하지만 뭔 피를 느끼는 변녀라니.

과연 진가희답다 싶은 조휘였지만 애써 내색하지 않았다.

"회복 계열의 진각성자라니 아군 측에 엄청난 전력이 탄생했군."

"나도 그런 거 같아 오빠! 막 다 살릴 수 있을 것 같고 막 이래!"

여전히 핏빛 안개를 온몸에 휘감은 채 열정을 드러내고 있는 진가희가 조휘는 왠지 모르게 우스웠다.

"동시에 몇 명 정도를 회복시킬 수 있을 것 같냐?"

"수(數)는 상관없을 것 같고. 음……."

잠시 눈을 감은 채 가늠하던 진가희가 이내 확신에 찬 눈빛으로 대답한다.

"내 시야에 닿아 있는 사람들이라면 전부 가능해."

"시야? 전부?"

"응!"

"허……!"

시야에 닿아 있는 모든 아군 측에게 광역 힐링을 난사할 수 있다니!

이건 뭐 사기도 이런 개사기가 없었다.

이제 그녀의 존재 유무는 전장을 운용하기에 앞서 반드시 확인해야 할 사안이 된 것이다.

그런 조휘와 진가희의 대화를 유심히 듣고 있던 제갈운도 전율로 온몸을 떨고 있었다.

병법(兵法)을 운용하는 군사에게 있어서 아군의 희생이란 어쩔 수 없이 뼈아프게 감내해야만 하는 부분이었다.

허나 진가희가 말한 각성의 능력이 진정 사실이라면 그런 군사의 고민을 단숨에 덜게 되는 셈이었다.

시야에 닿은 모든 아군의 회복이라니!

이런 말도 안 되는 능력이 정말 가능하다는 것인가?

허나 솟구치는 활력, 그런 생명의 기운을 조휘처럼 고스란히 느끼고 있는 제갈운.

그로서도 도저히 현실을 인정하지 않으려야 않을 수가 없었다.

"나도 확인해 보겠다!"

"나도!"

그렇게 자신들의 동료들이 연이어 엄청난 모습으로 각성하자 남은 동료들도 서둘러 뉴럴링크 칩을 움켜쥐며 각성을 시작했다.

하지만 엄청난 존재로 진화한 남궁장호와 진가희와는 달리, 나머지 동료들의 각성은 볼품없는 수준이었다.

강비우와 사마중은 별다른 특성 없이 우내삼협처럼 무공의 경지만 상승되었을 뿐이었다.

그나마 특이한 각성은 백화린.

하지만 그녀의 진화된 능력이란 형상변환자(形像變換者). 문제는 전장에서 딱히 쓸모가 없는 각성 형태라는 것이었다.

"……."

새하얀 고양이로 변한 채 꼬리를 살랑거리고 있는 백화린.

"귀, 귀여워!"

귀여움에 몸서리치던 진가희가 도저히 참을 수 없어 안으려 들자 백묘(白猫)는 뾰족하게 성을 내며 그 작은 발로 진가희를 할퀴었다.

캬아아앙!

"아얏!"

피식거리던 조휘가 장일룡과 제갈운을 번갈아 응시했다.

이제 남은 것은 이들 둘뿐.

"너희들은 안 할 거냐?"

"해, 해야지."

"하, 할 거유!"

어색한 몸짓으로 뉴럴링크 칩을 집어 드는 제갈운과 장일룡.

왜일까.

왜 이렇게 온몸의 본능이 경고성을 내지르며 오한이 사정없이 밀려올까.

그야말로 몸서리쳐질 만큼 불안하다.

결국 제갈운이 먼저 두 눈을 질끈 감은 채 뉴럴링크 칩을 이마에 부착했고.

묘한 두근거림과 동시에 확장되는 감각.

"아아! 아! 이, 이건!"

제갈운이 흥분과 기대로 콧김을 뿜어내고 있었지만, 그런 기대와는 달리 현실은 냉혹했다.

"뭐, 뭐야 이게?"

뭔가 가냘파진 자신의 체구.

왠지 보호받고 싶어지는 기이한 감정.

조휘가 체념하듯 고개를 내리깔았다.

"넌 여자가 되고 싶었구나."

"아, 아니야!"

간혹, 평소 자신의 정체성을 부정하고 다른 성(性)을 열망

하던 성소수자들 중 몇몇은 이렇게 성변환(性變換)이라는 각
성을 이루었다.

물론 그런 성변환자(性變換者)은 각성 형태 중 가장 쓸모
없는 형태였다.

"에휴…… 어쩐지 처음부터 말투도 여인네 같더라니."

"아, 아니라고!"

딸그락.

장일룡의 손에 들려 있던 뉴럴링크 칩이 바닥에 떨어졌다.

"나, 난 하지 않겠수."

중원과 새외를 잇는 경로에 오로목제(烏魯木齊)라는 곳이
있었다.

그곳은 찬란한 비단 무역의 중심지.

신강(新疆)을 살아가는 모든 백성들의 터전이요 천마신교
의 오랜 젖줄이기도 한 곳.

언제나 바삐 걸음을 옮기는 상인들과 기다랗게 줄지어 가
는 수레들의 행렬이 일상인 그곳에 기이하게도 짙은 정적만
이 감돌고 있었다.

봉마령(封魔令).

오로목제의 모든 상행길의 출입을 금하는 천마신교의 절

대적인 명령은 지난 수백 년간 단 한 번도 일어나지 않은 일이었다.

그도 그럴 것이 새외와의 비단 무역을 중지하는 것은 단 하루에 그칠지라도 엄청난 손해를 일으키기 때문이다.

낙타(駱駝)의 교환과 거래가 이뤄지는 타전방(駝轉方).

중원의 전표를 서역의 실물 화폐인 순금과 은으로 바꿀 수 있는 마지막 장소인 통금전(通金錢).

그중에서도 가장 타격이 심한 곳은 상단의 행렬에 물을 파는 유수곡청(流水谷淸)이었다.

이처럼 비단길을 지나는 상인들의 소비가 끊긴다면 지역민들이 받는 타격이란 막심할 수밖에 없었다.

더욱이 천마신교 역시 통행세 자체가 끊기는 일이었기에 그동안 봉마령이란 존재하기는 하나 유명무실한 교령(敎令)이나 마찬가지였던 것이다.

한데 그런 봉마령이 수백 년 만에 다시 재현되었으니 오로목제 사람들은 혼란 속에서도 숨을 죽이며 사태의 추이를 지켜볼 수밖에 없었다.

안 그래도 지금 사정이 좋지 않은 천마신교가 스스로 목을 죄면서까지 봉마령을 펼친 이유가 도대체 뭐란 말인가?

스스스슥

그렇게 긴장감이 가득한 오로목제의 대로 중심에서 갑자기 유령과 같은 신법으로 천마신교의 고수들이 나타났다.

숨죽인 채 이를 지켜보고 있던 상인들이 하나같이 경악했다.

나타난 자들은 다름 아닌 천마신교 최상위 서열의 존성들!

그 유명한 육대주교(六大主敎)와 팔마좌사(八魔左士)는 물론이요, 심지어 그 무시무시하다는 마령주(魔令主)와 그의 휘하인 흑백쌍마(黑白雙魔)에 명천마검(冥天魔劍)까지!

그 외에도 천마신교가 자랑하는 초극의 고수들이 하나같이 각자의 신위를 뽐내며 대로에 나타난 것이었다.

상인들은 그들이 내뿜고 있는 엄청난 마기에 그야말로 질식할 것만 두려움을 느끼고 있었다.

한 명의 존성만 등장해도 오로목제 전체가 뒤집어질 일이거늘, 저 엄청난 천마신교의 존성들이 동시에 나타나다니 상인들은 눈을 의심하지 않을 수가 없었다.

한데 놀라움은 거기서 끝이 아니었다.

짙은 검은 구름, 심연의 마기와 함께 등장한 초극의 마인.

그가 나타나자마자 그 대단한 천마신교의 존성들이 일제히 몸을 낮추며 오체투지한다.

"교, 교주?"

"아, 암천……!"

상인들의 동공에 일제히 지극한 공포가 서렸다.

그는 바로 진정한 천마의 위(位)에 오르지는 못했으나 사실상 천마의 위세를 떨치고 있는 천마신교의 교주 암천마였다.

-신교천하 만마앙복!

존성들의 추존(推尊)하는 외침이 일제히 암천마에게 향했다는 것은 그가 진정한 천마의 반열에 올랐다는 확실한 증거.

그런 암천마가 오연한 얼굴로 존성들을 일일이 훑다가 나지막한 음성을 토해 냈다.

"실행하라."

-존명(尊命)!

명에 떨어지기가 무섭게 흑색 장포를 펄럭이며 포탄처럼 사방으로 흩어지는 수십여 명의 마인들!

그때, 엎드려 있던 존성들 중 하나가 다급히 일어나 암천마를 막아섰다.

"재고해 주십시오! 교주!"

암천마를 막아선 노마두는 잔혹하고 포악한 존성들 중에서 그나마 완고한 성정을 지닌 명존좌사였다.

"교주령을 거역하겠다는 뜻인가?"

"그것이 아니오라……."

"허면 그대와 그대의 가문을 모두 죽여 신교의 본보기로 삼아야겠군."

"교주!"

명존좌사의 기다란 잿빛 수염이 연신 사시나무 떨리듯 떨리고 있었다.

암천마가 새로운 교주로 옹립되기 전부터, 아니 그가 태어나기 전부터 자신은 신교의 명존좌사였다.

아무리 그가 암천마라고 하나 신교를 대표하는 원로의 중심에 서 있는 자신을 감히 업신여길 수 없다고 생각한 것이다.

한데, 고작 명을 재고해 달라는 충심(忠心) 어린 한마디에 자신 하나로도 모자라 후손까지 모두 죽여 없애겠다니?

이는 집마부(集魔府)의 원로들 전체가 들고 일어날 일이었다.

좌사들 중 가장 서열이 높은 혼마좌사가 조심스럽게 일어나더니 암천마의 면전에 시립했다.

"이번 일로 인해 신교의 존속 자체가 힘들어질지도 모르옵니다."

"존속? 지금 존속이라 했는가?"

암천마는 우습기만 했다.

이미 신교의 신녀가 검신의 후예를 천마로 지목했던 사실이 만천하에 드러난 마당.

이방인 정도가 아니라 신교 최대의 숙적에게 천마의 권위를 부여한 사실에 모든 신도들이 동요로 술렁이고 있는 것이다.

지난 천 년 동안 절대적이었던 신녀의 권위가 모래성처럼 무너진 마당에 신교의 존속을 운운하다니!

암천마의 두 눈에 비친 신교의 육대주교와 팔마좌사들은 그런 신녀처럼 모두 썩고 고인 물이었다.

할 수만 있다면 모조리 죽여 없애고 싶었다.

지난 천 년 동안 저들이 쌓아 올린 무시할 수 없는 기반과 세력이 아니었다면 진즉에 멸해 버렸을 것이었다.

"교주께서는 어찌 다른 신을 모실 수 있단 말이옵니까. 천마(天魔) 이외에 다른 신은 존재할 수 없다는 본 교의 절대적인 율령을 뒤흔드는 일이옵니다. 제발 그런 사특한 존재를 더 이상 따르지 마소서."

"닥쳐라!"

암천마의 전신에서 그야말로 상상할 수도 없는 무시무시한 마기가 흘러나오자.

"크으윽!"

"윽!"

좌사들이 심맥이 갈라지는 듯한 극통과 함께 시뻘건 피를 한 사발씩 쏟아 내고 있었다.

명존좌사가 이를 악 깨물며 정신을 다잡고 있었다.

존성들조차 소름 끼치게 만드는 암천마의 무한한 마기.

하지만 그것은 천마, 아니 신교의 힘이 아니었다.

모두 그가 신교의 전통을 저버리고 미지의 존재를 숭배하기 시작하며 부여받은 사특한 힘.

그런 그의 힘이란 인간이 내는 힘이라고는 도저히 믿기 힘든 이질적인 기운을 내포하고 있었다.

"본 교의 신성(神性)은 이미 신녀로 인해 무참히 더럽혀졌다! 이제 본 교는 태초의 율법으로 돌아갈 것이다!"

신교의 근원, 태초부터 내려온 율법.

암천마는 바로 마(魔)의 본질, 즉 절대적인 힘을 숭앙하는 신교의 초대 율법을 거론한 것이었다.

하지만 아무리 초대 율법이라고 해도 천마를 숭앙하는 근본 교리의 앞줄에 세울 수는 없었다.

"그 존재가 저희에게 신성을 보여 준 적이 단 한 번도 없지 않사옵니까? 저희 존성들로서는 그의 신성조차도 아직 받아들일 수가 없사옵니다."

"그분이 말씀하시길, 신성을 되찾기 위해서는 많은 제물이 필요하다고 하셨다!"

광기에 휩싸인 눈으로 연신 고함치고 있는 암천마를 바라보며, 좌사들의 얼굴에 하나같이 초연한 기운이 서리고 있었다.

자신들이 아는 암천마는 더 이상 교주도, 아니 신교의 교도(敎徒)도 아니었다.

어느 날 폐관실에서 뛰쳐나온 암천마.

새로운 신의 목소리가 자신에게 강림했다며 침을 튀겨 가며 광란하던 그는 교도들이 보기에 명백한 이단(異端)이었다.

신교의 전통적인 교리에 따르자면, 천마 이외에 다른 신성은 존재할 수가 없었다.

스스로 천마라는 신이 되어 만마 위에 군림해야 할 신교의 교주가 다른 신의 추종자가 되다니?

절대적인 신성을 지닌 천마, 그런 진정한 교주가 탄생하길

고대하는 신교의 교도들로서는 결코 받아들일 수 없는 문제인 것이다.

"허면 왜 오로목제의 백성들이 그 제물이 되어야 하옵니까?"

"적어도 본 교의 교도들은 아니지 않은가!"

"허……!"

오로목제의 백성들은 엄연히 신강인이다.

적어도 신강인이라면 모두가 천마를 따르는 하교도(下教徒)들이나 마찬가지인 셈.

천마라는 신성을 향한 경원이 없었다면 그들이 어찌 이토록 철저하게 봉마령을 존중할 수 있단 말인가?

성(城) 바깥에 있다고 하여 신강인을 한낱 제물로밖에 여기지 않는다면 그는 더 이상 신교의 교주를 자처할 수가 없는 것이었다.

"허면 교리를 떠나서 본 교의 실익은 무엇이옵니까? 백성들을 모조리 도륙해서 제물로 바쳐 버린다면 비단 무역을 중계하는 오로목제는 더 이상 존재하지 않게 될 것이옵니다. 본 교의 재정적인 뿌리 자체가 사라지는 것이옵니다."

암천마가 콧방귀를 꼈다.

"본 교의 운명이란 것이 이 작은 오로목제 따위에게 좌우된단 말인가! 그대와 같은 나약한 자들로만 가득했기에 지금까지 본 교가 쇠퇴를 거듭한 것이다!"

그 순간.

크아아아악!

두려움에 떨며 존성들을 지켜보던 한 상인이 믿을 수 없다는 눈으로 정수리로부터 쪼개어지고 있었다.

푸와아아악!

이를 시작으로, 교주 직속의 진마수라대(眞魔修羅隊)가 죽음의 해일처럼 상인들을 덮치기 시작했다.

그들이 지나간 자리에 오직 살점과 핏물만이 그득할 뿐이었다.

갑작스럽게 일어난 처참한 살육에 상인들이 혼비백산하며 흩어졌으나, 도망친다고 해서 피할 수 있다면 진마수라대가 어찌 신교 최강의 무력대라 불릴 수 있겠는가?

"으아아아아악!"

"사, 살려 주십……! 크아아악!"

그런 무자비한 혈풍을 바라보며 암천마는 희열에 몸을 떨고 있었다.

위대한 '그분'의 힘을 받아들이기 시작한 후로 보이기 시작한 사람의 영혼(靈魂).

그는 진마수라대의 도검에 의해 죽임을 당한 백성들이 연기처럼 아스라한 영혼이 되어 하늘 위로 솟구치는 광경을 똑똑히 볼 수 있었다.

곧이어 그 무수한 영혼들이 뭉게뭉게 뭉쳐지고 있었다.

그때.

스스스스스!

갑자기 하늘의 공간이 가로로 쭈욱 하고 길게 찢어지더니
마치 포식하듯 게걸스럽게 영혼들을 먹어 치우기 시작한 것
이다.

암천마가 소스라치게 놀랐다.

과연 그분이 말씀하신 대로였다.

저것이 바로 '수확하는 틈새'인가?

분명 저 틈새가 모두 영혼으로 메워질 수만 있다면 그분이
직접 강림하시어 자신의 일을 도울 수 있다고 했다.

이제 저 중원을 도모하여 진정한 신교천하를 이루는 것은
더 이상 꿈이 아닌 것이다.

아아아악!

끄아아아악!

육대주교들과 팔마좌사들을 포함한 모든 존성들이 무거운
심정으로 처참한 살육의 현장을 지켜보고 있었다.

그들 역시 포악하고 잔인하기로 둘째가라면 서러울 마두
들이었다.

하지만 신교의 터전이라 할 수 있는 오로목제.

그런 소중한 곳을 신교 스스로가 망가뜨리고 있는 광경을
지켜보고만 있는 심정이란 말할 수 없이 처참한 것이었다.

이제 다시는 그 어떤 비단상(緋緞商)도 오로목제를 지나지
않을 것이다.

천마신교는 그야말로 끝장난 것이나 다름없었다.

순간, 피가 터져라 입술을 깨물고 있던 명존좌사가 암천마를 향해 육탄으로 돌격했다.

"이건 정말 미친 짓이오!"

마음이 통했을까.

다른 좌사들도 서로 눈짓을 주고받더니 일제히 각자의 독문병기를 꺼내 들더니 암천마를 향해 짓쳐 들었다.

반란이었다.

"크하하하하!"

암천마가 가소롭다는 듯한 표정으로 좌사들의 공격을 좌수(左手)에 어린 마기만으로 뿌리치자 엎드려 있던 다른 존성들이 크게 놀란 얼굴을 했다.

팔마좌사들이 누군가?

신교의 뿌리라 할 수 있는 팔대마가(八大魔家)의 최고 수장들이다.

저들 중 단 한 명이라도 중원으로 흘러들어 간다면 능히 한 지방의 패자로 군림할 수 있는 극마지경의 마인들!

아무리 암천마라고 해도 저들의 공격을 결코 장력만으로는 뿌리칠 수가 없는 것이다.

그동안 그의 마기가 괴이하고 지독한 기운으로 변질되었다는 것만 느껴 온 존성들로서는 실로 당혹스러울 수밖에 없었다.

한데 그때.

퍼펑!

모든 존성들이 일제히 경악하며 굳어진다.

오만한 웃음을 흘리며 곧바로 출수를 하려던 암천마가 그대로 머리가 터져 버린 것.

"대, 대체?"

누구의 공격인지 좌사들이 눈으로 서로를 묻고 있었지만 모두 고개를 내저을 뿐이었다.

"저, 저게 뭐요?"

"저, 저럴 수가!"

암천마의 머리가 사라진 자리.

그곳에서 어떤 '틈'이 가로로 기다랗게 찢어진다.

곧 그 '틈'이 말하는 입처럼 열리기 시작했다.

-안녕? 인간종(人間種).

86章.

　왜 자신은 지금까지의 모든 성좌대전(星座大戰)에서 패배할 수밖에 없었을까?

　모든 환생혼들의 기억으로 혼란스러운 와중에서도, 조휘는 끊임없이 스스로를 향해 그렇게 되묻고 있었다.

　힘이 모자라서?

　아니다.

　특히 첫 번째 성좌대전에서는 아군이 오히려 적 측을 압도하는 전력을 지니고 있었다.

　그때까지만 해도 신 중의 신, 좌 중의 좌라는 자신의 위계와 명성이 가장 강력할 때.

홀로 성좌대전을 천명했을 때 놀랍게도 무수한 성좌들이 자신을 따랐다.

특히 차원 서열 일천 위 이상의 고위 성좌들의 수는 아군 측이 압도적이었다.

그리고 두 번째 성좌대전.

가장 의문스러운 패배.

특별히 전략적으로 잘못되지도 않았고 순간순간의 선택도 나쁘지 않았다. 아군의 사기는 드높았으며 운조차도 자신의 편이었다.

그럼에도 최종적으로는 가장 처참하고 무기력하게 패배했다.

그 후에 벌어진 전쟁들도 무수한 환생을 통해 만반의 준비와 치밀한 전략을 구사했지만 끝내 패배를 거듭할 수밖에 없었다.

그 모든 전쟁에서 패배한 원인이란 의외로 간단하게 진단할 수 있었다.

자신과는 달리 성좌들은 약점이 없었다.

우주로부터 새롭게 부여받은 이름을 '차원의 돌'에 새긴 존재, 즉 성좌들은 기본적으로 불멸(不滅)이었다.

전투로 인해 크게 힘을 소진한다고 해도 일시적으로 존재력이 하락할 뿐, 영원에 가까운 삶을 통해 다시 기반을 다지면 그뿐인 것이다.

간혹 참혹하게 존재력이 하락하여 소멸에 근접하는 타격

을 받아 우주의 구석으로 도망치는 성좌들도 있었다.

하나 말 그대로 소멸에 '근접'하는 타격일 뿐 실질적인 소멸, 즉 그 영혼이 사라져 없어지는 것은 아니었다.

그들은 결국 그렇게 오랜 회복기를 보낸 끝에 다시 전장으로 복귀한다.

반면 자신은 수호자(守護者).

지켜야 할 대상, 즉 인간종이 존재하는 이상 자신은 이 전쟁에서 무슨 수를 쓰더라도 이길 수가 없는 것이었다.

이번에도 과거와 같은 결말이 반복되면 또다시 다른 시간대로 숨어들며 환생을 전전할 수밖에 없는 것.

최대한 영혼에 타격을 받지 않기 위해 기억 소멸이라는 극단적인 선택을 하긴 했지만(물론 그것이 전략적으로도 탁월한 선택이기도 했다.), 영혼의 수용력이란 무한한 것이 아니기에 자신이 언제까지고 환생을 반복할 수 있을지는 미지수였다.

'으음......'

설사 이번 전쟁에서 아군 측이 극적인 승리를 거머쥐고 모든 성좌들이 소멸에 가까운 타격을 입는다고 해도 언젠가는 다시 그들이 전장으로 합류하는 것은 부정할 수 없는 진실.

그러므로 자신이 모든 성좌들을 적대한 그 시점부터 결코 종식되지 않을 성좌대전이 시작된 것이나 마찬가지인 셈이었다.

결국 자신이 최종적으로 선택한 방법이란 인간의 문명 전체를 고위 문명, 즉 강제로 고위 종족으로 진화시키는 일이었다.

인간 문명 스스로가 성좌들의 힘에 대항할 힘을 갖게 되는 것.

실제로 우주의 몇몇 고위 종족들은 성좌들의 개입이나 유희에 농락당하지 않고 스스로를 보호하며 문명을 존속시켜가고 있었다.

문제는 과연 인간에게 그런 엄청난 힘을 스스로 통제할 만한 역량이 있냐는 것.

부족 대 부족, 종교 대 종교, 국가 대 국가 등 그야말로 모든 분야와 집단에 걸쳐 끊임없이 서로 반목하며 피의 역사를 치러 온 종족이 인간종이었다.

혹자는 그러므로 인간들이 천부의 인권을 깨닫고 평화의 가치를 알아 간다지만, 그런 갈등과 분열의 역사를 태초부터 반복해 온 인간 문명이 과연 갑작스레 얻게 된 엄청난 힘을 통제할 수 있을 것인가는 그들을 무한히 사랑해 온 조휘조차도 섣불리 단정할 수 없었다.

이 문제만큼은 그토록 무수한 환생을 거듭해 왔지만 결국에는 결론을 내리지 못한 사안.

자칫하다가는 자신으로 인해 인간종이라는 우주의 희귀한 종족 자체가 스스로 멸망할지도 모르는 일인 것이다.

거신(巨神)의 힘을 얻게 된 남궁장호가 성좌들을 물리친 이후 과연 그 힘을 스스로 통제할 수 있을까?

그는 틀림없는 남궁세가의 소검주.

그런 그가 엄청난 거신의 힘을 가문을 위해 쓸 것은 불 보듯 뻔한 일이었다.

그는 반드시 세가 밖으로 거신의 힘을 투사하려 들 것이고 이는 또 다른 분열과 갈등의 전조가 될 터.

그렇게 중원은 모든 진각성자들의 각축장이 될 것이다.

누구보다 인간종을 사랑했지만 그랬기에 더욱 그들의 본성을 잘 알고 있는 조휘.

하지만 그럼에도 그들을 믿고 싶었다.

자신이 사랑하는 '사람의 불꽃'이란 단순히 욕망이 전부가 아니니까.

이런 자신의 도박이, 과연 인간 문명을 파멸로 끝낼지 번영으로 이끌지는 아직은 아무도 모를 일.

무엇보다 이 지긋지긋한 성좌대전부터 이기는 것이 급선무다.

늦은 시간, 그렇게 깊은 상념에 빠져 있던 조휘의 침소에 제갈운이 찾아왔다.

끼이이이익-

각성체(覺性體)를 거두고 어느덧 남자의 몸으로 돌아온 제갈운을 바라보며 조휘가 피식 웃었다.

"넌 참 좋겠다. 이제 혼인을 할 필요가 있나? 뭐 여인이 그리우면 언제든지……."

"다, 닥쳐!"

85

온몸을 부들부들 떨며 마치 죽일 기세로 조휘를 노려보던 제갈운이 긴 한숨을 내쉬며 말했다.

"후…… 장난칠 기분 아니야."

제갈운이 심각하게 굴어 대자 조휘의 표정도 진중해졌다.

"조가대상회의 군사께서 무슨 대단한 책략이라도 구상한 거냐?"

"아니."

"그럼 이 늦은 밤에 무슨 일로?"

제갈운의 눈빛이 무섭게 가라앉는다.

"그 성좌 놈들이 지닌 전력의 실체를 낱낱이 파악하고 싶다."

"전력?"

조휘는 군사로서의 그의 의도를 즉시 읽을 수 있었다.

적의 전력을 파악하지 못한 상태에서는 자신의 모든 책략이 무의미했기에 그 역시 이 늦은 시간까지 잠을 이루지 못한 것이다.

"음……."

하지만 조휘는 쉽사리 말문을 열지 못했다.

설명하고 싶어도 중원인의 관념, 아니 인간의 관념으로 좌들의 능력과 실체를 설명하려니 뭔가 아득해진 것이다.

최대한 제갈운에게 쉽게 정보를 전달하기 위해 생각을 정리하던 조휘가 긴 침묵을 깨고 입술을 달싹였다.

"일단은 물리 계열과 비물리 계열로 한번 나눠 보자."

12

"물리계?"

고개를 끄덕이는 조휘.

"말 그대로다. 물리적으로 자신의 존재력을 투사하는 성좌들. 쉽게 말하면 거신화된 남궁 형과 같은 종류지. 당연히 그들 대부분이 손짓 한 번에 산악을 무너뜨리고 해일을 일으키는 초월적인 능력을 지녔다. 성좌들의 칠 할 이상이 이 물리계에 속하지. 개중에서도 엄청난 존재력을 지닌 성좌들도 있긴 하지만 상대하기 그리 까다로운 편은 아니야."

"까, 까다롭지가 않다고?"

손짓 한 번에 해일을 일으키고 산악을 무너뜨리는 천신(天神)들을 까다롭지 않다고 말할 수 있는 존재는 오직 이 미친 놈밖에 없을 것이다.

"문제는 비물리 계열의 성좌들이지."

제갈운으로서는 비물리계라는 단어가 선뜻 가슴에 와닿지 않았다.

무림의 시선으로 물리계라면 무공을 익힌 모든 강호무인.

굳이 비물리계라 칭한다면 상인이나 학사, 장인들이 속할 수 있는 정도?

"그들도 지닌 능력에 따라 무슨 직업과 계급 같은 것이 있단 말이야?"

조휘가 피식 웃으며 대답했다.

"그런 게 아니야. 예를 들어 주지."

조휘가 창밖의 머나먼 우주 창공을 응시했다.

"우주의 무수한 종족들 중에서는 오직 정신문명만 극도로 진화시킨 종족들이 존재한다."

"정신문명?"

"그래. 어느 종족에게는 우리가 의념(意念)이라 부르는 이 염동력(念動力)이 태어날 때부터 선천적으로 구사할 수 있는 기본적인 능력에 불과하지. 인간이 말을 하고 걸음마를 하는 것처럼 그들의 기본적인 능력인 거다."

"허……."

극고의 수련과 실낱같은 확률의 깨달음을 통해 겨우 인외지경의 경지를 이룩해야지만 구사할 수 있는 그 초절한 의념지도를 태어날 때부터 기본적으로 구사할 수 있다니!

"그들에게는 언어라는 개념조차 존재하지 않아. 필요가 없기 때문이지. 언제든 자신의 생각과 의지를 다른 이에게 투사할 수 있으니까."

자신의 생각을 다른 이에게 투사한다?

물론 강호 무림에도 그러한 경지가 있다.

불문의 지고한 경지 혜광심어(慧光心語).

오랜 참선, 성불의 끝자락에 이르러 마침내 탈각(脫殼)의 경지를 이룩했을 때야 비로소 구사할 수 있는 전설상의 경지.

하나, 인간의 껍질을 벗는다는 탈각이란 말 그대로 반신(半神)의 경지였기에 결코 쉬이 도달할 수 있는 경지가 아니었다.

달마 이후, 혜가와 혜능 같은 전설적인 종사(宗師) 수준의 승려가 아니라면 결코 구사할 수 없을 터였다.

"자, 그럼 그런 지고한 정신문명을 지닌 자들 중에서 기적과 같은 확률로 격을 돌파하고 좌(座)를 이룩한 자의 존재력…… 아니 능력은 과연 어떤 종류일까?"

날 때부터 의념지도와 혜광심어를 기본으로 구사할 수 있는 초월적인 정신 체계를 갖춘 자들 중에서 격을 돌파하여 좌가 탄생한다?

제갈운은 감히 그의 능력을 짐작조차 할 수 없었다.

"'생각하는 소용돌이'라는 녀석이 있다."

생각하는 소용돌이?

뭔 이름이 그따위란 말인가?

"좌의 이름이야?"

제갈운의 질문에 묵묵히 고개를 끄덕이는 조휘.

"그래. 그놈은 거대한 염동폭풍(念動暴風)을 구사하지. 그는 그 소용돌이 안의 모든 정신체의 의지를 조종할 수 있다."

"정신체?"

"정신체란 사념(思念)을 지닌 모든 존재를 아우르는 개념이다."

제갈운은 조휘가 말하고 있는 사념을 지닌 '모든 존재'라는 표현에 주목했다.

"인간뿐만 아니라 좌들까지도?"

"물론. 그런 능력 때문에 그놈은 자신의 은하군에 속한 모든 성좌들의 우두머리가 될 수 있었지."

"그 염동폭풍의 사정권은 어느 정도야?"

잠깐 생각하던 조휘가 입을 열기를 망설이고 있었다.

항성계 전체를 드리우는 염동폭풍.

그 광대무변한 소용돌이를 설명하려니 말문이 막혀 버린 것이다.

결국 조휘는 어쩔 수 없이 중원인의 시선으로 설명할 수밖에 없었다.

"천하."

천하(天下).

하늘 아래 모든 권역을 일컫는 말이었다.

제갈운이 소스라치게 놀라며 경악성을 내질렀다.

"미친! 그럼 승산 자체가 없잖아!"

그의 염동폭풍이 천하에 두루 미친다면 모든 인간이 그의 의지에 따라 통제를 받게 되는 셈.

그 순간, 조휘의 두 눈이 칠흑의 심연처럼 가라앉았다.

"난 그의 모든 것을 부정할 수 있지."

제갈운은 그야말로 온몸에 전율이 일었다.

상대를 부정할 수 있다는 그 단순한 문장에 가히 상상할 수도 없는 엄청난 위력이 내포되어 있는 것이었다.

천하의 모든 인간을 자신의 의지대로 통제할 수 있는 초월적인 존재.

조휘는 그런 엄청난 초월자의 모든 생애를 부정할 수 있는, 그야말로 존재(存在)를 부정하는 자.

무한에 가까운 시간 동안 고련하여 대우주에 버금가는 존 재력을 일군다고 해도 조휘의 절대적인 능력 앞에서는 모두 평등하게 부질없고 허망해질 뿐.

좌들에게 있어서 이 조휘는 절대적인 상극(相剋)이자 우주 적 재앙(災殃)이었다.

제갈운은 새삼 조휘가 얼마나 위대한 존재인지 뼈저리게 느껴야만 했다.

"그럼 널 위협할 수준의 좌들은 없는 거야?"

"음……."

한참을 생각에 골몰하던 조휘가 다시 입을 열었다.

"위협은 모르겠고 까다로운 놈은 많지."

"까다롭다고?"

눈짓 한 방에 상대의 모든 존재력을 부정할 수 있는 조휘조 차도 부담을 느끼는 좌가 존재할 수 있다니?

그것도 많다고?

제갈운으로서는 감히 그 능력을 상상할 수도 없었다.

"그 좌들이 누구지? 도대체 어떤 능력들을 지녔기에?"

순간 조휘는 한 존재를 떠올렸다.

단지 머릿속에 떠올리는 것만으로도 구토가 치밀 정도로

역겨운 놈.

대체 그놈을 어찌 인간의 언어로 형용할 수 있을까?

비열, 잔악, 교활, 치졸, 음흉…….

온갖 단어를 동원해 아무리 그놈을 표현하려고 해도 마땅히 그놈과 어울리는 표현이 없었다.

"'틈'이라는 성좌가 있다. 내게는 상극과도 같은 놈이지."

"틈? 사, 상극?"

상대의 존재 자체를 부정할 수 있는 조휘에게 상극이란 것이 있을 수가 있나?

"정확히 말하자면 '수확하는 틈새'. 그놈은 우주의 모든 성좌들 중에서도……."

조휘가 미간을 찌푸리며 얼굴을 일그러뜨리자 제갈운은 더욱 호기심이 치밀었다.

"그가 누구길래?"

그렇게 조휘가 한참이나 일그러진 얼굴로 고심하다 내뱉듯 툭 하고 말했다.

"그, 그냥 씹새끼?"

수확하는 틈새.

조휘는 그 배덕한 존재를 떠올리자마자 순간적으로 감정의 격류가 휘몰아쳤다.

그는 스스로 모든 존재력을 틈새 안으로 숨길 수 있는 자.

때문에 자신은 그의 본질을 단 한 번도 제대로 직시하지 못했다.

존재(存在)를 부정하는 자신의 능력을 유일하게, 또 가장 완전하게 무력화할 수 있는 상대.

우주에 무수히 성천(聖天)하는 좌들 중에서도 가장 비밀스럽고 교활하며 지독한 자.

그의 출신 종족도, 교류하는 좌들의 면면도, 심지어 그가 지닌 능력의 종류조차 제대로 파악된 것이 없었다.

단 하나 그보다 유리한 점이 자신에게 있다면, 그것은 그의 교활한 전략을 이미 수차례 겪어 봤다는 것.

그는 여전히 성좌대전(星座大戰)을 관망하며 중립성좌군(中立星座群)를 자처하고 있겠지만, 조휘는 성좌대전의 끝자락에 이르러 매번 그가 일으켰던 치졸한 역사들을 뼈저리게 기억하고 있었다.

사실 그는 지금까지의 모든 전쟁에서, 그 어떤 좌들보다 발빠르게 움직여 왔다.

지금도 그는 유리한 고지를 미리 선점하기 위해 치밀한 준비에 여념이 없을 것이다.

'후우……'

자신에게 있어서 잊을래야 잊을 수 없는 공포가 하나 있었다.

섭식(攝食).

기억이 사라진 채 환생혼으로 살아가면서도, 섭식이라는

단어를 들을 때면 반드시 막연한 공포가 떠올랐다.

성좌대전의 엄청난 혼란을 틈타 인간 문명의 영혼(靈魂)을 절반 이상 '수확'한 그 빌어먹을 틈새는 끝내 창조자의 반열에 오르고야 말았다.

최후의 순간까지도 다른 성좌들은 인간의 영혼에 그토록 엄청난 가치가 숨어 있었는지 아무도 몰랐다.

오직 수확하는 틈새만이 인간의 진정한 비밀을 미리 알고 있었던 듯, 최후의 순간에 그가 보여 준 행동들은 실로 충격적인 것이었다.

그렇게 조휘가 갑자기 쌍욕을 퍼붓다가 지금은 또 진중한 기색으로 고심을 하고 있으니. 제갈운은 호기심이 동하지 않을 수 없었다.

제갈운에게도 조휘의 이런 태도는 기이한 것이었다.

그가 어느 한 존재를 향해 저토록 난감해하고 두려워하는 모습을 처음 보고 있는 셈.

제갈운이 책사답게 곧바로 핵심을 짚었다.

"그가 아무리 대단한 존재라고 해도 이미 너는 그와 수도 없이 대적해 봤잖아?"

조휘는 다름 아닌 무수한 환생을 통해 시간을 넘나드는 존재.

그에게 전해 들은 모든 정보들을 종합해 볼 때, 성좌들의 능력으로는 결코 시간을 초월할 수 없었다.

시간을 다룬다는 것은 창조자의 반열에 올랐다는 의미.

성좌의 격(格)으로 시간을 넘나드는 능력을 보유한 존재는 오직 조휘뿐이었다.

시간을 다루는 능력과 존재를 부정하는 능력 이 두 가지만으로 조휘는 모든 성좌들에게 진정한 신 중의 신, 좌 중의 좌로 추앙받아 온 것이다.

"물론 그의 모든 전략과 힘을 겪어 봤지."

그런 조휘의 말에 제갈운은 더욱 이해가 되지 않았다.

자신이 아는 조휘란, 과거의 기억과 능력을 회복하기 전에도 그 지략이 하늘 끝에 다다른 인간이었다.

그런 그가 이미 수도 없이 겪어 본 존재를 왜 두려워한단 말인가?

그 '수확하는 틈새'라는 자가 아무리 뛰어난 계략을 구사해 봤자 조휘의 손바닥 안에서 놀아나는 오공에 불과할 것이다.

"그렇다면 방비가 너무 쉬울 텐데? 그가 어떻게 나올지 미리 알고 있다는 거잖아? 왜 그토록 난감해하는 거지?"

조휘가 가늘게 한숨을 쉬었다.

"답이 없다."

"답?"

"그래. 그놈은 자신의 모든 존재력을 틈새 안으로 갈무리할 수 있다. 자신의 모든 본질을 순식간에 우주에서 지울 수 있지."

"헐?"

"그 어떤 전략과 대책도 무의미하다. 내 존재력을 느낀 순간 그놈은 망설임 없이 사라질 테니까. 그 새끼…… 장장 일만 년 이상 틈새 안에서 나오지 않은 적도 있어."

상대의 본질만 인식할 수 있다면 모든 존재들의 시간을 부정할 수 있는 조휘의 능력.

그런 조휘의 능력이란 무엇이든 뚫을 수 있는 창에 비유할 수 있을 것이다.

하지만 수확하는 틈새 역시 그 어떤 것도 막을 수 있는 무적의 방패를 지닌 놈이라 할 수 있었다.

다름 아닌 그 '본질'을 언제든지 틈새 안으로 갈무리할 수 있는 것이다.

"지금까지 그놈을 한 번이라도 감지할 수 있었다면 아마도 난 이후의 환생을 모두 포기하고서라도 그놈의 시간만을 무한적으로 부정했을 거다."

이 무시무시한 조휘가 이토록 치를 떨어 대는 놈이라면 그야말로 상상도 할 수 없는 악마일 터.

"그럼 약점은 아예 없는 거야?"

"모른다."

그의 실체를 느껴 본 적조차 없거늘 그의 약점을 어떻게 파악할 수 있단 말인가.

불현듯 치민 제갈운의 의문.

"한데…… 그냥 널 피해 숨어 다니기만 하는 존재라면 그리 두려워할 이유가 없잖아?"

조휘가 예의 한숨을 내쉬었다.

"후…… 네게 있어서 전쟁에서의 패배란 어떤 경우를 말하는 것이냐."

잠시 생각을 정리하던 제갈운이 다시 말했다.

"병력의 출혈이 너무 심해 아군 측이 더 이상 전투를 수행하기 어렵다면 그것이 바로 패배겠지. 혹은 보급로가 완전히 끊겨 더 이상 진군(進軍)이 무의미해질 때, 천재지변과 같은 불운을 만나 전투를 수행하기 어려울 때, 뭐 여러 가지 패배에 준하는 상황이 있지 않을까."

"그래. 인간의 기준이지. 하지만 그 기준대로라면 난 무수한 성좌대전 속에서 단 한 번도 패배를 경험한 적이 없다."

"무, 무슨 소리야?"

분명 조휘는 본인이 본인 입으로 지금까지 단 한 번도 승리하지 못했다고 말해 왔다.

"난 단 한 번도 소멸에 준하는 존재력의 상실을 겪지 않았다. 마음만 먹었다면 언제든지 다시 전장에 복귀할 수 있었지. 어차피 그들의 적이라고 해 봐야 나 하나뿐인데 당연히 병력의 손실이 일어날 수가 없는 거다. 나를 대적한 자는 모두 부정될 뿐이었고 나는 언제나 오롯이 살아 있었으니까."

그제야 제갈운은 조휘의 말에 담긴 진의를 파악했다.

인간의 기준에서 성좌대전이란 그 어떤 측도 패배할 수 없다는 것을.

존재력을 잠시 상실한다고 해도 언제든 무한한 시간을 통해 회복하여 전장에 복귀하면 그만이었다. 애초부터 전쟁이 끝날 수 없는 구조인 것이다.

한데 조휘는 왜 모두 패배했다고 말해 온 것일까?

"인간의 영혼이 섭식…… 아니 그놈에 의해 '수확'되었기 때문이다. 또한 그 때문에 인간의 영혼이 지니는 특별함이 모든 성좌들에게 알려졌지…… 결국 남은 인간들까지 좌들에게 섭식당해 죽임을 당했다."

"아……."

제갈운은 단숨에 성좌대전의 속성을 파악할 수 있었다.

결국 '수확하는 틈새'라는 놈이 존재하는 이상 조휘는 결코 승리를 거머쥘 수 없다는 것.

"정말 답이 없네."

조휘가 왜 그토록 인간 문명을 각성시키기 위해 안간힘을 써 왔는지 이제야 제갈운은 모두 깨달을 수 있었다.

하지만 조휘도 상대할 수 없는 그 틈새라는 놈을 정말 우리 인간이 막을 수 있을까?

제갈운의 얼굴이 극도로 어두워졌다.

"문제는 우리 사람들의 각성이네."

"그렇지. 앞으로 시간이 얼마나 남아 있을지 나도 몰라. 그전에 최대한 많은 인간들을 각성시켜야 한다. 특히 강호의 무인(武人)들 위주로."

"음……."

제갈운의 가슴이 답답해졌다.

동료들이야 이 모든 사정을 알고 있어 거부감이 없을 테지만 일반적인 무인들이라면 이야기가 달라졌다.

갑자기 자신의 몸이 거인처럼 변하면 스스로를 괴물로 여길 것이다.

이를 지켜본 사람들이 사술(邪術)이라며 도망칠 것이란 것도 불 보듯 뻔한 일이었다.

가장 난감한 것은 그 달마진경을 세상을 절멸시키려는 존재의 술수라고 직접 조휘가 밝혔다는 것이었다.

이런 상황에서 어떻게 강호인들을 설득할 수 있을까?

"잠깐……?"

제갈운이 뭔가 생각난 듯한 표정을 지어 보이자 조휘가 잔뜩 호기심을 드러냈다.

"좋은 수라도 생각났냐?"

"우린 조가대상회잖아?"

"그게 왜?"

제갈운이 의미심장하게 웃었다.

"우린 각 지방의 장군부조차 움직일 수 있는 거대 상단이라고."

"장군부?"

"상명하복(上命下服)!"

"오호?"

달마진경을 취하면 저주에 걸려 악마에게 영혼을 뜯어먹힌다는 두려움이 유일하게 미칠 수 없는 곳.

지금으로서 그런 곳이란 절대적인 상명하복 체계의 군부밖에 없었다.

"춘추대장군 하후명, 명화대장군 가진헌, 천호대장군 육의문…… 그 밖에도 무수한 장군들이 우리 조가대상회의 영향력 아래에 있지. 특히 너에게 호되게 당한 육의문은 이제 네 말이라면 쩔쩔매잖아?"

"장군들은 바보가 아니다."

"물론 장군들도 달마진경의 흉흉한 소문을 들어 알고는 있겠지. 하지만 그간 처먹인 뇌물이 얼만데? 전체는 몰라도 각 장군부별로 병단 하나씩은 충분히 각성자 집단으로 변모시킬 수 있을 거야. 제법 대단한 위용을 보이지 않겠어?"

하지만 이는 조휘가 판단하기에 득보다는 실이 더 많은 해법이었다.

"성좌들이 강림하기도 전에 먼저 중원이 멸망할 거다."

제갈운도 조휘의 우려를 모르지 않았다.

각 지방의 장군부들은 황실의 권력가들과 치밀하게 이해가 얽혀 있었다.

강력한 각성자 집단을 얻게 된 장군들이 권력과 결탁하여 무슨 짓을 벌일지는 불 보듯 뻔한 일이었다.

어쩌면 그들의 역천지계(逆天之計)가 성공해 황제가 뒤바뀔 수도 있는 일.

물론 그것도 가장 긍정적인 가정이었다.

최악의 경우에는 지방의 장군부들이 각자 황제를 참칭하며 난세가 도래할 수도 있었다. 삼국지, 아니 십국지(十國志)가 될 수도 있는 것이다.

"필요하다면 그것도 괜찮아."

"뭐라고?"

제갈운의 그런 대담한 대답에 조휘가 깜짝 놀라고 있었다.

"성좌들이 강림하기도 전에 우리 손으로 먼저 중원을 전란으로 몰고 가자는 말이냐?"

"난 책사야."

제갈운의 눈빛은 유리알처럼 투명했다.

이를 바라보던 조휘가 소름이 끼칠 정도였다.

"각 지방의 장군부들이 각성자 집단이라는 전무후무한 패(牌)를 지니게 되면 군웅할거의 길을 걷기 이전에 가장 먼저 무엇을 처리하려고 들까?"

"……뭐?"

"각 지방마다 실질적인 권력 집단은 관부도 세도가도 아니야. 지역의 상계(商界)를 휘어잡고 있는 것은 무림의 문파들이지. 군량 확보? 풉! 그게 무림 문파들의 협조와 묵인 없이 가능할 거 같아?"

101

"……."

"가진헌 장군은 군웅할거를 결심하기도 전에 당가로 가서 당가주를 설득해야만 할 거야. 물론 가진헌 장군의 기치(旗幟)가 당가주가 생각하는 명분과 협도에 미치지 못한다면 군웅할거의 뜻은 물 건너가는 거지."

촤르르륵-

제갈운이 봉황금선을 펼쳐 들며 은은하게 웃었다.

"그들에게 강호란 언제나 눈엣가시. 힘의 균형추가 기울면 관과 무림의 상호 불가침은 반드시 깨어질 수밖에 없어. 황실 관부의 힘이 무림(武林)보다 더 강할 때면 늘 반복되어 온 역사거든."

제갈운이 더욱 의미심장하게 웃었다.

"내가 판단하기에 각성자 집단은 강호의 무력(武力)으로 막을 수 있는 성질의 것이 아니야."

"그럼 네 말은……."

촤륵!

접은 봉황금선으로 창밖의 너른 포양호 방면을 가리키는 제갈운.

"조가대상회가 강호의 구원자가 되는 거야. 관부를 맞상대할 힘을 그들에게 주는 거지. 그때쯤이면 관부에 의해 토벌될 위기의 강호인들은 더 이상 흉흉한 소문 따위를 겁내지 않을 거야."

조휘가 순수하게 감탄했다.

"역시 제갈은 제갈(諸葛)인가."

과연 전략의 화신이라는 제갈세가의 소제갈(小諸葛)이라는 칭호는 도박으로 딴 것이 아니었다.

오늘 조휘는 처음으로 제갈운이 장일룡보다 더 대단해 보였다.

조휘가 씨익 웃으며 자리에서 일어났다.

"군사(軍師)의 분부를 따르겠소."

"별말씀을."

사천(四川) 장군부의 상황은 생각보다 녹록지 않았다.

폭우가 한 달 넘게 지속되다 보니 군영 전체가 늪처럼 질척거렸고, 지친 병졸들은 언제 군역이 끝날는지 가늠하며 시간만 축내고 있었다.

쏴아아아아아-

장대처럼 쏟아지는 저 빌어먹을 빗줄기는 도대체 언제 그칠는지.

명화대장군 가진헌(賈進憲) 역시 아침부터 속이 쓰렸다.

이 위통(胃痛)은 사천당가가 강서의 조가대상회에게 철광석의 전매권을 허락하며 생긴 병증.

당금의 사천당가는 황실에 납(納)하는 조세분을 제외한 철광석의 전량을 조가대상회에게 보내고 있었다.

그런 사천당가의 태도를 가진헌은 도무지 이해를 할 수 없었다.

아무리 황도가 멀다 해도 중원의 모든 광산(鑛山)은 기본적으로 제국의 소유.

단지 사천의 험난한 지리적, 지형적 특성 때문에 황실이 당가에 광산의 개발과 운영을 잠시 맡겼을 뿐인 것이다.

그러므로 당가가 함부로 전매권을 행사하는 것은 황실의 신임을 잃는 일이었다.

그런 위험을 감수하면서까지 일개 상단에게 전매권을 준 당가의 판단이 자신으로서는 납득이 되지 않는 것이다.

덕분에 사천 일대의 야장(冶匠)들은 졸지에 수익이 반 토막이 났다.

기존의 강철을 녹여 작업을 할 수밖에 없었으니 각종 철제 제품들의 가격이 두 배 이상 치솟았고, 그렇게 판매가 수월하지 않게 되자 간단한 수리로 연명할 수밖에 없는 구조가 된 것이다.

문제는 그 피해가 고스란히 장군부에 이어진다는 것이었다.

병장기의 날을 세우고 기름칠하는 유지 비용이 천정부지로 치솟아, 이제 군금(軍金)을 조금씩 융통해 쓰던 쏠쏠한 재미마저 사라져 버린 것.

더욱이 새로운 병장기의 도입은커녕 도태된 물량을 고쳐

쓰는 데만 급급하다 보니, 이대로 가다가는 지방군 중 가장 쪼그라든 전력을 지니게 될 운명이었다.

가장 화가 나는 것은, 일을 이 지경으로 몰고 가면서도 사천당가는 그 세력이 날로 융성해진다는 것.

당가의 전매권에 대한 보답으로 조가대상회는 시세의 두 배로 철광석을 매입하고 있었고, 이를 통해 사천당가는 안정적으로 막대한 은자를 벌어들이고 있었다.

더욱이 조가대상회의 문물을 독점적으로 사천에 유통하여 막대한 이익을 내고 있는 것도 당가였다.

'감히……!'

이를 깨물며 치를 떨고 있는 가진헌.

비록 지방군이나 그래도 제국에 소속된 황군이다.

감히 강호의 무뢰배 따위가 황군을 이끄는 대장군인 자신의 체면을 이토록 무시할 수 있단 말인가!

그때, 가진헌의 집무실로 호위장(護衛將) 육응(陸鷹)이 찾아와 엄정하게 시립했다.

"충! 대장군께 보고드립니다!"

가진헌이 그를 힐끗 쳐다보며 미간을 구겼다.

보나 마나 오랜 비에 지친 병졸들에게 병이 들었다거나 제방이 무너졌다거나 하는 좋지 않은 소식일 터였다.

"또 어느 둑이 무너진 것이냐? 본 군영에 피해가 생겼느냐?"

"충! 그게 아니오라 손님이 와 계십니다."

"손님? 날?"

대장군을 직접 찾아오는 객(客)은 그리 많지 않았다.

황도로부터 오는 명령과 소식들은 대부분 전령을 통하는 편이었고, 그 밖의 사소한 일들은 대장군인 자신이 아닌 부장(副將) 선에서 처리되고 있었기 때문이다.

"조휘 공이 찾아왔습니다."

"조휘!"

가진헌의 안색이 핼쑥하게 변했다.

당가를 향한 분노에 가려졌을 뿐이지 사실 이 모든 일의 원흉은 그놈이었다.

자신 역시 그간 그놈의 세 치 혀에 놀아나 손해를 본 것을 생각하면 자다가도 가슴 언저리가 아파 왔다.

육응이 그런 가진헌을 씁쓸한 표정으로 지켜보고 있었다.

조휘.

그는 평소 대장군이 흠모해 온 상고 시대의 고문서들을 선물로 가져오더니 이내 엄청난 수완과 입심으로 대장군의 마음을 사로잡았다.

결국 가진헌 대장군은 그에게 정기적으로 뇌물을 상납받기에 이르렀고 그것이 대장군 인생에 있어서 가장 큰 패착이었다.

육응이 조심스럽게 입을 열었다.

"그래도 접견은 하시는 편이 좋지 않겠습니까? 그는 이제 단순히 상단의 행수가 아닙니다. 당대 무림을 대표하는 팔무좌(八武座)이며 검신의 적전제자입니다."

만나는 것이 썩 내키지는 않았지만 그래도 거물이 된 것만은 확실하니 가진헌은 일단 한번 만나 보기로 결심했다.

"들이라."

"충!"

순간, 억수같이 쏟아지는 장대비 속에서 한 줄기 음성이 들려온다.

"저를 찾으러 나가실 필요는 없습니다."

"헉!"

창밖.

그곳에, 소검신이 검에 올라탄 채 뒷짐을 진 모습으로 고고하게 서 있었다.

반개한 눈으로 물끄러미 집무실을 응시하고 있는 그를 보고 있자니 가진헌은 왠지 소름이 돋았다.

사람이, 자연의 이치를 무시한 채 공중에 떠 있는 모습이란 그에게 있어 너무나 큰 충격.

자신도 모르게 손아귀에 힘이 들어가 두 주먹을 말아 쥐고 있는 모습이 스스로도 어색했던지, 가진헌은 옷매무새를 가다듬으며 황급히 체면을 차리고 있었다.

호위장 육웅이 거칠게 고함쳤다.

"무, 무례하다! 감히 여기가 어디라고!"

"사천장군부(四川將軍部)죠."

창문을 통해 가볍게 가진헌 장군의 집무실에 들어선 조휘가 태연자약하게 검을 회수하며 포권했다.

"오랜만에 장군께 인사 올립니다."

그제야 놀란 마음이 좀 진정된 듯 가진헌이 너스레를 떨었다.

"그새 사람을 놀래키는 재주가 늘었군."

"한시라도 빨리 일을 매듭짓기 위함이지 다른 불충한 의도는 없었습니다."

"일의 매듭?"

왠지 모골이 송연해져 땀을 흘리기 시작하는 가진헌.

그와 새롭게 합의한 뭔가가 있었나 싶어 아무리 기억을 더듬어 봐도 떠오르는 것이 없었다.

"또 다른 수작이라면 그만하시게. 나는 이제 자네와는 어떤 일도 함께하지 않을 참이네."

하지만 조휘는 그의 이런 반응을 예상이라도 한 듯, 퉁명한 얼굴로 품에서 양피지 하나를 꺼내 들었다.

이런 장면이 이미 익숙한 육웅이 화들짝 놀라며 자신의 육중한 몸으로 가진헌의 시야를 가렸다.

"부, 불충을 용서하십시오!"

조휘가 꺼내 든 양피지는 한눈에 봐도 범상치 않은 것이었다.

분명 상고시대의 유명한 도화(圖畫)를 가져온 것이 틀림없을 것이다.

점점 콧김을 벌름거리며 흥분하는 가진헌.

"비, 비켜 보거라!"

"안 됩니다! 못 비킵니다!"

"어허! 물러나라지 않느냐!"

"자, 장군!"

조휘가 은은하게 웃으며 양피지를 탁자에 펼쳐놓는다.

"이것은 하나라의 봉축도(奉祝圖), 육의천성도입니다."

"유, 육의천성도(六意千星圖)!"

하나라의 우 임금이 하늘의 신선으로부터 직접 받았다고
전해지는 상고 시대의 전설적인 유물.

그런 신선의 영험한 도력이 깃들어 있다는 전설로 인해, 복
희여와도(伏羲女媧圖)와 더불어 하나라를 대표하는 양대 서
화였다.

그 가치를 논하자면 부르는 게 값이요, 아니 감히 재물로써
그 가치를 가늠하는 것이 실로 불경스러울 지경!

"장군께 드리겠습니다."

"뭐, 뭣!"

가진헌이 극도의 흥분 상태가 되자 결국 육응은 포기하고
야 말았다.

거칠게 육응을 내치며 부서지듯 탁자를 부여잡은 가진헌
이 눈물을 뚝뚝 흘리며 감읍하고 있었다.

"아아!"

가진헌은 탁자 위에 펼쳐진 환상이 도무지 믿기지가 않았다.

어찌 한낱 양피지를 통해 저리도 광활하고 아름다운 은하수를 표현할 수 있단 말인가.

저 별들은 우주의 육의(六意)를 표현하고 있었다.

그 이치를 깨우칠 수만 있다면 능히 우주의 만상(萬象)을 다스릴 수 있을 터였다.

하지만 이 미천하고 어두운 두 눈은 어느 것이 건(乾)이요 어느 쪽이 곤(坤)인지조차 분간할 수 없었다.

하기야 일개 장수에게 그 뜻이 읽힌다면 어찌 전설적인 유물일 수 있겠는가.

조휘는 가진헌이 저토록 흥분하는 것이 충분히 이해되었다.

어쨌든 지금에 와서는 유명무실한 모양새가 됐지만, 자신은 천우자와 약속한 구천현녀경을 추적하기 위해 제법 오랜 시간 노력을 기울여 왔다.

야접에게 가장 큰 거래 대금을 치른 것도 구천현녀경을 찾는 의뢰였다.

물론 끝내 실마리를 잡지 못했다.

웬만한 보물은 구전(口傳)이라도 남아 있기 마련인데 중원에서 사라진 것이 아닌가 싶을 정도로 잡히는 소식이 없었다.

한데 생뚱맞게도 그 가치가 구천현녀경에 버금간다는 육의천성도가 암시장에서 걸려든 것이다.

가치를 생각한다면 절대로 가진헌에게 주고 싶지 않았지

만, 중원 문명이 절멸하는 마당에 재물 따위에 연연할 수도 없는 노릇.

그렇게 조휘는 씁쓸한 심정으로 육의천성도를 바라보며 아쉬운 입맛을 다지고 있었다.

"정말로 이 귀한 걸 내게 준단 말인가?"

"제가 언제 한 입으로 두말한 적이 있습니까?"

"어, 없지! 없고말고. 암!"

혹시라도 무를까 황급히 육의천성도를 챙기면서도 가진헌은 불안감이 엄습하여 조휘를 힐끗 쳐다봤다.

"장사꾼이 밑지는 장사는 하지는 않을 테고…… 대체 원하는 게 뭔가? 아직도 내게 벗겨 먹을 뭔가가 남아 있단 말인가?"

조휘가 손사래를 쳤다.

"벗겨 먹다니요. 오히려 헌상할 보물을 가지고 왔습니다."

"보물?"

이 귀한 육의천성도를 헌납한 마당에 또다시 보물을 건넨다?

가진헌도 산전수전 다 겪은 사람인지라 결코 그 말을 곧이곧대로 믿지 않았다.

"어설픈 수작에 놀아날 성싶은가! 본심을 털어놓게!"

"본심이라고 하고 말 것도 없습니다."

조휘는 뉴럴링크 칩을 가진헌에게 서슴없이 건넸다.

"달마진경입니다."

"다, 달마진경!"

아무리 장군부의 인사들이라고는 하나 그들이 중원 무학의 근원인 달마진경을 모르지는 않았다.

특히 강호의 일에 늘 귀를 세우고 있는 육응으로서는 조휘의 의도를 선뜻 이해할 수 없었다.

"그것이 최근 무림맹이 맹도들에게 나눠 주던 달마진경이란 말이오?"

"그렇습니다."

육응이 고개를 갸웃하며 재차 물었다.

"그대 소검신이 모든 무림맹도 앞에서 마물로 규정한 물건이 아니오?"

조휘의 얼굴이 사뭇 진지해졌다.

"대의를 위해서라면 때론 거짓을 고할 수 있어야 합니다. 저의 행동은 천하를 위한 것이었음이니 부디 고려해 주십시오."

"대의라니? 그것은 또 무슨 소리요?"

"사실 이 달마진경은 인간의 잠재력을 한계까지 개화(開花)시켜 엄청난 힘을 각성하게 만드는 달마의 보물이 맞습니다."

가진헌의 두 눈에 기이한 빛이 일렁였다.

"허면?"

조휘의 시선이 뉴럴링크 칩을 향했다.

"무림맹의 모든 맹도들이 엄청난 힘을 각성하여 더욱 강력한 집단으로 변모한다면 이 천하가 어찌 되겠습니까?"

"으음……."

그제야 조휘의 말에 담긴 진의를 파악한 가진헌.

그렇지 않아도 천하제일세(天下第一勢)를 구가하고 있는 무림맹은, 마교가 과거의 성세를 재건하지 않는 이상 천하에 적수가 없었다.

그런 무림맹이 더욱 강력한 힘을 가지게 된다면 황실로서도 큰 부담이 아닐 수 없는 것이었다.

한데, 강호의 인물인 소검신이 이런 말을 늘어놓는다는 것이 가진헌은 미심쩍었다.

"해서 그것을 막기 위해 자네가 선수를 쳤다? 나더러 그 말을 믿으란 말인가? 그대 역시 강호(江湖)에 뜻을 둔 무림인이거늘."

"동시에 저는 장사치입니다."

의미심장하게 웃고 있는 조휘.

"강호에 무수히 많은 세력이 난립하여 그 이해관계가 난마처럼 얽힐 때 비로소 장사치는 활개를 칠 수 있지요. 한 세력에 의해 제패된 강호를 저는 결코 원하지 않습니다."

그때.

-저, 저럴 수가!

-우와아왓!

군막 부근의 병졸들이 동요하는 소리가 우레처럼 들려온다.

가진헌이 미간을 찌푸리며 창밖을 쳐다보자.

"허억!"

"저, 저럴 수가!"

하늘문을 지킨다는 수호신장이 저러할까.

다름 아닌 남궁장호가 자신의 각성체, 즉 흉포한 거신의 위용을 고스란히 드러내고 있는 것이었다.

"대, 대관절 저게 뭔가?"

조휘가 씨익 웃었다.

"저런 병졸들을 가지고 싶지 않으십니까?"

87章.

저 괴물 같은 거대한 동체를 도대체 어떻게 말로 표현할 수 있을까?

그야말로 육체의 산(山).

어찌 인간의 몸이 저토록 거대해질 수 있단 말인가!

가진헌 대장군은 제국의 장수답게 곧바로 저 무식한 거체(巨體)가 지닐 전장에서의 효용성을 머릿속에 떠올렸다.

저만한 거인이 다루는 병기라!

단 일 합(一合)에 적진의 보병 군단이 횡으로 와해된다.

기병단이라고 다르지 않다.

아무리 용맹한 전마(戰馬)라 할지라도 저런 거인이 펼치는 무위 앞에서는 두려움에 떨며 뒷걸음칠 수밖에 없을 터였다.

비처럼 쏟아지는 궁병들의 화살 세례 속에서도 살가죽만 잠시 따끔거릴 뿐 전장을 휘젓는 데는 아무런 문제가 없을 것이고, 적군의 공성추(攻城鎚)나 발석거(發石車) 따위도 가벼운 발길질에 모조리 고물이 될 터였다.

전장의 거대한 괴물.

그야말로 전신(戰神)!

허나 가진헌은 조휘의 대답에 두 귀를 의심할 수밖에 없었다.

"방금 뭐라고 했나? 벼, 병졸이라고?"

"예."

장수도 아닌 병졸이라니?

저런 전장의 거신을 하나가 아닌, 수백수천을 거느릴 수 있다고?

조휘가 태연자약하게 남궁장호를 쳐다봤다.

"저 거인은 남궁세가의 소검주입니다. 달마진경의 정수를 각성한 상태죠."

"달마진경의 정수!"

"예. 물론 모두가 저런 뛰어난 각성 형태를 이룩할 수는 없습니다. 다만 무예를 익힌 자들일수록 보다 전투적인 형태로 각성할 공산이 크지요."

"그렇다면!"

조휘가 가진헌을 바라보며 빙그레 웃었다.

"대장군께서 생각하시는 대로입니다. 평생을 군마와 병기를 다뤄 온 병졸들이라면 그 잠재력이 범인을 훨씬 능가할 것입니다."

눈앞에서 전신의 위용을 대했으니 그 마음이 오죽 급하겠는가.

가진헌이 결심이 선 듯 흔쾌히 고개를 끄덕였다.

"그 달마진경이란 것을 내게 주게! 어서!"

이렇게 쉽게 결정을?

조휘가 휘둥그레진 눈으로 뉴럴링크 칩이 가득 들어 있는 보따리를 풀어놓았다.

"일단 병단 하나 정도만……."

"무슨 소릴! 다 내어 주시게! 사천장군부의 모든 병졸들에게 지급할 것이네!"

"전부를요?"

고지식한 장수들을 상대하는 일이라 너무 어렵게 생각했나?

설마하니 가진헌이 사천장군부의 모든 병력이 무장할 뉴럴링크 칩을 요구하리라고는 생각지도 못한 조휘였다.

하지만 그럴 수는 없었다.

각성자는 점진적, 연쇄적으로 나타나야 그 충격을 최소화시킬 수 있었다.

한 집단에게 갑자기 지나친 힘이 주어지는 것은 위험했다.

무엇보다 사천장군부와 지척인 당가타(唐家陀)가 걱정스

119

러웠다.

"모든 신병기는 시험 운용이 필요합니다. 순차대로 가시죠. 일단 병단 하나 정도에 지급할 양부터 드리겠습니다."

"흠……."

가진헌이 일리가 있다는 듯 흥분을 가라앉히며 고개를 끄덕였다.

"그리하도록 하지. 황궁을 향한 그대의 충정을 내 결코 잊지 않겠네."

내심 조소를 머금는 조휘.

저 가진헌이 사천장군부를 태장군부(太將軍部)로 승격시키기 위해 얼마나 많은 뇌물을 뿌려 대고 있는지 누구보다 잘 알고 있는 조휘였다.

그런 권력의 노예가 나라를 향한 충정(忠情)을 운운하다니 실로 기가 찰 노릇이었다.

사천장군부의 병졸들을 각성자 집단으로 변모시킨 후 그가 곧바로 어떤 행동을 취할지 관전해 보는 것도 재미있을 것이다.

조휘가 뉴럴링크 칩을 백여 개 정도를 꺼내 그에게 건넨 후 곧장 포권지례를 했다.

"장군님의 무운을 빌겠습니다 그럼……."

가진헌과 육웅이 흐릿한 잔상을 남기며 검을 타고 사라져 가는 조휘를 멍하니 응시하고 있었다.

◆ ◇ ◆

조휘가 각 지방의 장군부를 모두 순회하고 돌아온 지 정확히 달포 후, 조가대상회에 전서구가 무수히 날아들었다.

이제 어엿한 조가대상회의 정보 조직이 된 야접.

일야만락화접 홍예는 각지에서 날아온 전서구들을 일일이 확인하며 경악의 얼굴을 하고 있었다.

"대, 대체 이게 다 뭐야?"

변고는 드물기에 변고(變故)라 불린다.

중원의 정보를 다뤄 온 야접의 역사 속에서 이렇게 동시다발적으로 변고가 쏟아진 적은 단언컨대 단 한 번도 없었다.

휘릭-

엄청난 경공으로 집무실을 박차고 나온 홍예는 곧장 조휘의 처소를 향해 달려갔다.

언젠가부터 조휘는 간부들과의 회합조차 중지한 채 군사(軍師)로 새롭게 승차한 소제갈과 함께 처소에서 두문불출하고 있었다.

대체 무슨 비밀스러운 이야기들을 나누고 있는지 그의 동료들과 간부들이 하나같이 궁금해했지만 그들은 결코 외부로 모습을 드러내지 않았다.

허나 이번 일은 자신의 선에서 처리될 수 있는 종류가 아니었다.

121

"조휘 공자!"

차 한 모금 마실 시간이 흐르자 처소의 창문이 열렸다.

조휘가 불쾌한 표정을 드러내며 홍예를 쳐다봤다.

"분명 아무도 오지 말라고 했을 텐데."

"지금 그런 것을 따질 계제가 아니에요!"

조휘가 맞은편에 앉아있는 제갈운과 시선을 주고받더니 흥미로운 얼굴을 했다.

"무슨 일이야?"

긴장으로 침을 꿀꺽 삼키는 홍예.

"명화대장군이 스스로 제위에 올라 한중왕이 되었어요! 또한 그는 현재 병력을 당가타로 진군시키고 있어요!"

"한중왕(漢中王)?"

허, 유 현덕 흉내를 내 보겠다는 건가?

"뿐만 아니에요! 호북장군부의 방극 장군도 무한왕(武漢王)을 자처했어요! 그의 병력도 무당산으로 향하고 있어요!"

조휘와 제갈운은 이미 예상이라도 했다는 듯 피식거리고 있었다.

나라를 향한 충정을 운운하던 장수들이 어찌 이리도 한결같이 거병할 수 있단 말인가?

예상에서 한 치도 벗어나지 않는 행동을 보이는 장군들이 조휘는 우습기만 했다.

하지만 자신을 흥미롭게 만든 소식은 딱 거기까지.

"또 이건 좀 더 심각해요! 난주인들이 모두 죽었어요!"

"난주(蘭州)?"

난주라면 감숙성이 성도가 아닌가?

한데 모두 죽었다니?

"그, 그게 갑자기 무슨 말이야? 난주인들이 다 죽었다고? 대체 어떻게? 벌써 전쟁이라도 일어난 거야?"

"아무도 모른다고 해요. 목격자 자체가 존재하지 않아요."

"뭐라고?"

"난주 전체가 북해(北海)처럼 변했대요! 사방에 소스라치는 한기만 감돌 뿐 흔한 핏자국 하나 발견하지 못했다고 하네요. 또……."

"잠깐! 한기라고요?"

불길한 예감이 엄습한 제갈운이 천천히 시선을 돌려 조휘를 바라본다.

"설마……?"

물질계에서 사람의 영혼이 대량으로 사라지면 순간적으로 자연의 법칙이 왜곡된다.

그 넓은 난주가 삽시간에 한기로 뒤덮여 북해처럼 변했다면?

방원 수만 장(丈)을 드리운 소스라치는 한기는 전형적인 섭식의 증상이었다.

그 어떤 성좌들보다 빨리 움직여 인간의 영혼을 대량으로 섭식할 존재라.

"틈. 그놈이다."

부서져라 이를 깨무는 조휘.

수확하는 틈새 놈이 움직였다면 성좌들의 강림도 머지않았다는 뜻.

타이밍이 너무 좋지 않았다. 아직 중원인들은 백분의 일, 아니 천분의 일도 각성하지 못했다.

"난주 일대에 야접의 모든 정보 자산을 투입해 머리 없이 돌아다니는 시체를 찾아!"

상상만으로 소름이 돋는다는 듯 홍예의 안색이 새파랗게 변했다.

"머리 없이 돌아다니는 시체?"

제갈운이 황급히 고개를 끄덕이며 동조했다.

"무조건 찾아야 돼요! 최대한 빨리!"

머리 없이 돌아다니는 시체가 있다면 그것이 바로 수확하는 틈새의 화신(化身)이었다.

물론 놈의 본체는 아니었지만 그런 화신을 막는 것만으로도 피해를 크게 줄일 수 있었다.

"빨리! 어서 가!"

"아, 알겠어요!"

홍예가 경공을 펼쳐 사라지자 조휘가 진득한 눈빛으로 제갈운을 응시했다.

"믿겠다."

침을 꿀꺽 삼키며 고개를 끄덕이는 제갈운.

이제 조휘는 다시는 조가대상회에 나타날 수 없을 것이다.

그는 지금부터 그야말로 우주적인 존재들을 대적해야 했다.

지난 달포 동안 그와 나눈 엄청난 계획과 전략이 머릿속에
가득했지만, 자신의 손에 중원 문명의 존속이 달려 있다고 생
각하니 가슴이 한없이 무거워졌다.

"잘할 수 있을 거다. 너는 내가 아는 최고의 전략가다."

애써 농담을 뱉어 보는 제갈운.

"일룡이보다도 더?"

"그놈은 너무 간헐적이야."

조휘가 검에 올라타며 그렇게 소검신(小劒神)으로 화할 때.

"잠깐만요! 잠깐만요 가가!"

어느새 소리 없이 조휘의 처소로 다가온 한설현이 옷깃을
매만지며 어쩔 줄을 몰라 하고 있었다.

"한 소저⋯⋯."

조휘는 측은한 표정으로 그녀를 바라보고 있었다.

함께 미래를 약속한 후 언제나 차분한 모습으로 자신을 기
다려 준 한설현이었다.

허나 조휘는 환생의 기억들을 되찾아 신적인 자신의 자아
를 모두 회복한 상태.

남녀 간의 애끓는 감정이란 조휘의 것이었지, '존재를 부정
하는 자'의 것은 아니었다.

125

때문에 그녀를 대하는 감정이 희석될 수밖에 없는 것이다.

더구나 이제 중원(中原)은 성좌대전의 전장이 될 터.

이번 생의 대전이 끝난 후 다시 조휘로 살아갈 수 있을지도 미지수였다.

아니 무엇보다 그녀가 살아 있을지조차 장담할 수 없었다.

이런 와중에 그녀와 결실을 맺는다는 것은 오히려 독(毒).

차라리, 잠시 지나가는 아픔이, 그녀를 위한 길일 것이다.

"대체 왜 절……."

한설현은 어지러운 마음을 달랠 길이 없어 차마 다음 말을 이어 가지 못했다.

혼약일은 이미 속절없이 지나가 버렸다.

그와 함께 후원을 거닐어 본 것이 언제인지조차 가물가물하다.

조휘가 한숨을 쉬며 입을 열었다.

"예. 의도적으로 피했습니다."

순간, 하염없이 눈물을 쏟아 내는 한설현.

"전 인간이 아닙니다."

한설현도 이미 조휘의 동료들을 통해 전해 들어 알고 있었다.

그가 중원의 멸망을 막기 위해 고군분투하는 인간들의 수호신이라는 것을.

하지만 아무리 쳐다봐도 그는 자신이 사랑하는 그 모습 그대로였다.

하나뿐인 내 남자.

"사기꾼."

조휘는 이를 깨문 채로 표독스럽게 자신을 바라보고 있는 한설현을 차마 마주 보지 못하고 시선을 외면했다.

"제가 돌아올 수 있다면 그때 다시 이야기하지요."

어색한 표정으로 둘을 바라보던 제갈운이 불현듯 호탕하게 웃었다.

"하하! 미친놈! 그럼 안 돌아오려고? 한 소저를 이렇게 울려 놓고?"

제갈운이 웃으며 다가가 조휘의 어깨를 붙잡았다.

"돌아와서 꼭 조가복합천상루(曹家複合天上樓)를 함께 완성하자고."

뜨거운 제갈운의 음성에 조휘가 피식 웃었다.

"꼭대기 층은 이 조가대상회의 회장 거다."

"하나는 꼭 비워 놓지."

순간 조휘는 감정의 격류를 느꼈다.

환생을 수도 없이 겪어 인간의 감정에서 완전히 자유로운 초월자가 된다 해도.

인간의 욕념과 투쟁이 모두 무가치해 보인다 해도.

이렇듯 생을 겪으면 겪을수록 누구보다도 인간적으로 변모하고 있는 자신이었다.

그것이 사람을 사랑하는 자신의 생(生).

적어도 지금의 자신이란 '존재를 부정하는 자'이기보단 한없이 조휘에 가까웠다.

조휘가 묵묵히 걸어가 한설현의 두 손을 조심스레 잡았다.

"반드시 돌아오겠습니다."

한설현의 맑은 동공에 시리도록 청명한 하늘이 비친다.

그녀의 시선을 좇아 함께 하늘을 바라보니, 과연 눈부시도록 아름다운 날이었다.

◆ ◈ ◆

구름 위로 한참 솟구친 첨봉(尖峯)들의 높이를 가늠하기가 힘들 정도로 하늘과 땅이 맞닿아 있는 듯한 새하얀 설원의 세계였다.

중원에서 가장 높은 곳, 대천산(天山).

이곳이, 조가대상회를 떠난 조휘가 가장 먼저 달려온 곳이었다.

휘우우우우-

조휘는 쉴 새 없이 몰아치는 설풍을 온몸으로 맞으면서도, 천산의 가장 높은 봉우리에 서서 미동조차 하지 않고 있었다.

그의 물빛처럼 투명한 두 눈이 향하고 있는 곳은 저 새하얀 창공 너머의 심우주.

이곳에서 그는 성좌들의 기척을 감지하기 위해 보름 가까이나 하늘을 바라보고 있는 것이었다.

하지만 별의 운행만 느껴질 뿐 감각에 잡히는 것은 아무것도 없었다.

'똑같군…….'

과거의 성좌대전 때와 똑같은 양상이었다.

놈들은 결코 먼저 모습을 드러내지 않는다.

그 찢어 죽일 틈새 놈이, 수많은 인간들의 영혼을 수확하며 난리 통을 피울 때가 돼서야 무수한 성좌들이 나타날 것이었다.

지금으로서는 먼저 모습을 드러내 봐야 '존재를 부정하는 자'에게 모든 시간이 부정되는, 그야말로 소멸에 가까운 타격만 입게 될 테니까.

그때.

"허허……."

갑자기 여느 노인의 허허로운 목소리가 조휘의 귓전을 적셨다.

조휘가 가볍게 놀란 얼굴로 음성의 주인공을 쳐다봤다.

"누구……?"

어디서나 볼 수 있는 행색의 초로(初老).

하나 이 극한의 첨봉은, 저렇게 금방이라도 쓰러질 것만 같은 노인이 오를 수 있는 곳이 아니었다.

하물며 저 터무니없는 차림새는 또 뭐란 말인가?

두꺼운 솜옷을 몇 겹이나 둘러도 시원찮을 판국에 저런 가

벗운 마의(麻衣)와 허름한 지팡이 하나라니.

이곳은 지구의 지붕이라는 천산의 최고봉. 인간의 손길이 결코 미칠 수 없는 장소였다.

"진정 놀랍도다. 일신에 품고 있는 기운을 감히 추측조차 할 수가 없구나. 대체 이 천산에 언제부터 그대와 같은 존재가 있었단 말인가?"

황당해진 조휘의 두 눈.

그것은 오히려 자신이 되묻고 싶은 말이었다.

조휘는 노인의 전신에 서린 무위를 잠시 가늠해 보다가 그야말로 기경을 했다.

그의 경지가 자연경의 수준을 한참이나 초월하여 반신(半神)의 경지에 이르러 있었기 때문이다.

중원 무림의 장구한 역사에서도 찬란하게 빛나는 삼신(三神)보다도 오히려 더 상위의 경지!

육존신조차 이 노인에게는 비할 수가 없다.

자신의 무수한 환생 속에서도 오직 무(武)로써 저만한 경지에 이른 자는 처음 접하는 것이었다.

얼마나 당황했으면 처음에는 그가 좌(座)일지도 모른다고 생각했을 정도.

충분히 그에 준하는 존재력을 지니고 있으나 영력의 기질을 살펴보니 신적인 기질이 아니었다.

조휘가 존재를 부정하는 자로서의 권위를 드러냈다.

"오히려 내 쪽에서 할 말이군. 유구(悠久)한 시간 동안 사람을 살펴 왔으나 감히 단언컨대 당신 이상의 사람을 보지 못했다. 대체 당신은 누구지?"

조휘는 노인의 무혼이 지닌 성질을 통해 그의 출신을 유추하려고 했지만 이미 그의 무혼은 초월에 초월을 거듭한 끝에 완전한 무색(無色)이 된 상태였다.

"허허…… 질문에 질문으로 답하는 고약한 인사로군. 참을 수 없는 궁금증이 어디 나만 할까."

노인의 신형이 천천히 미끄러지며 조휘에게 근접했다.

신기한 물건을 보는 양 노인의 시선은 연신 조휘를 위아래로 훑고 있었다.

"당최 믿을 수 없도다. 대자연의 섭리조차 그대 앞에선 미약한 물줄기에 불과하구나. 하나 이토록 사방으로 미치는 그대의 힘은 염동(念動)이 아닌가? 어찌 무인의 의념이 이런 조화까지 부릴 수 있는고? 이토록 궁구하는 마음에 꼭 답을 내려 주시게."

조휘의 눈빛이 서릿발처럼 엄하게 변했다.

상대가 인외지경에 이른 대단한 무인이라고 하나 중원의 절멸이라는 재앙을 마주하고 있는 이상 스무고개 따위를 할 시간은 없었다.

"예의가 없는 자로군. 꺼져라."

날벼락 같은 조휘의 축객령에 노인이 두 눈만 뻐끔거리고 있었다.

자신이 이런 취급을 받을 수도 있다는 것이 꽤 신선했다.

천산 일대의 백성들은 자신을 보자마자 눈물을 쏟아 내며
엎드렸다.

이미 자신은 수백 년 전부터 천산의 신령(神靈)과 같은 존재.

무엇보다 상대에게 뭐라고 자신을 소개해야 할지조차 난감
했다. 자신에게 인간의 이름 같은 건 정말로 없었기 때문이다.

어느덧 다시 무신경한 얼굴로 머나먼 창공을 응시하는 조휘.

노인은 조휘의 그런 모습에 더욱 기가 찼다.

경악으로 얼룩져 가는 노인의 얼굴.

"설마…… 자네…… 천상의 천기(天氣)가 읽힌단 말인가……?"

조휘가 잔뜩 미간을 찌푸렸다.

"더 이상 실랑이를 할 생각은 없으니 그만 꺼지라고 했다."

"허, 허허허!"

기다란 수염을 쓰다듬으며 호탕하게 웃음을 터뜨리는 노인.

"과연 무도를 걷는 자들에게 손속을 겨루는 것 외에 무슨
인사가 있을 수 있겠는가!"

후웅!

조휘는 한풍을 가르며 자신에게 짓쳐 들고 있는 노인의 지
팡이를 멍하게 바라보고 있었다.

자신의 존재력을 올곧게 느끼고도 감히 싸움을 걸어오다니!

"미친 노마로군."

파앙!

조휘가 자신의 지팡이를 가볍게 역수(逆手)로 잡아 버리자 노인이 더욱 크게 놀랐다.

"감히……!"

지극히 가벼운 한 수처럼 보였으나 지팡이에 담아낸 거력은 족히 수천만 근(斤).

그 증거로, 조휘가 딛고 있던 첨봉의 바닥이 엄청난 충격파로 인해 삽시간에 무너져 내리고 있었다.

콰지지직!

고요한 천산에 거대한 재앙이 일어났다.

막대한 충격파가 첨봉의 꼭대기를 무너뜨리는 데 그치지 않고 거대한 빙산(氷山) 전체를 휘감아 버린 것이다.

쿠쿠쿠쿠쿠쿠쿠─

거대한 산사태가 일어나 온 천산을 휘감는대도, 조휘는 그저 검을 띄워 올라탄 채로 무심히 노인을 내려다보고 있을 뿐이었다.

"더는 날 자극하지 마라. 죽일 수도 있다. 그래도 계속할 건가?"

"뭣이? 죽여?"

노인의 표정은 더 이상 허허롭지 못했다.

잔뜩 일그러진 표독한 얼굴로 진득이 조휘를 노려보던 노인이 갑자기 쌍욕을 토해 내기 시작했다.

"계속 오냐오냐해 주니까 내가 병신으로 보이느냐? 살다 살다 너 같이 돼먹지 못한 인간 말종은 처음이구나! 오냐! 내 오늘 너를 잘근잘근 다져 육고기로 만들어 주마!"

"……미친놈인가?"

노인의 때 아닌 태세 전환에 지극히 당황해하는 조휘.

쉴 새 없이 차지게 뱉어 내는 욕설의 운율이 여간 해 본 솜씨가 아니었다.

"뭐? 미, 미친놈?"

더는 말을 섞기 싫다는 듯 조휘의 손이 느릿하게 움직였다.

우우웅-

천산의 상공에 갑작스럽게 등장한 수없이 많은 점(點)들!

그렇게, 과거와는 비교조차 할 수 없는 막강한 위력의 천하공공도(天下空空道)가 노인을 향해 맹렬히 쏘아졌다.

"흥! 조잡스럽긴!"

노인이 마주 출수하자 훈풍처럼 일어난 작은 소용돌이들이 무수히 일어났다.

허나 그것은 작은 바람 따위가 아니었다.

쿠콰콰콰콰콰콰!

저 작은 점들은, 하나하나가 순간적으로 공간까지 집어삼키는 위력을 지닌 검신의 천하공공도.

한데 난데없이 일어난 돌풍에 휘감기더니 그대로 모두 사라져 버린다.

그러나 조휘의 표정은 여전히 무심했다.

자신의 공격이 의념을 다루는 수준의 무인들에게는 막강한 위력을 발휘하겠지만 상대는 자연경을 초월하여 진정한 입신지경을 이룩한 자.

입신지경에 이른 자에게 있어 공(空)의 의념을 파훼하는 방법은 다양했다.

"이깟 잡기로 이 몸과 싸울 셈이냐?"

천하공공도가 잡기(雜技)라니!

검신 어른이 들었다면 뒷목을 잡고 쓰러졌을 것이다.

"무식하군."

조휘는 똑똑히 보았다.

노인이 펼쳐 낸 바람은 작게 일어난 돌풍처럼 보였으나 그야말로 무진장(無盡藏)의 풍(風).

의념으로 펼쳐 낸 이상 천하공공도는 우주 공간의 블랙홀처럼 무한한 특이점을 지닐 수가 없었다.

단번에 그런 약점을 파악한 노인은 점들이 빨아들일 수 있는 한계까지 풍(風)의 기운을 처먹인 것이다.

그래서 천하공공도가 모두 와해되어 버린 것.

물론 천하공공도가 지닌 공(空)의 속성을 단숨에 파악하고, 그 한계까지 풍의 기운을 공급하는 능력이란 오직 자연경을 초월한 이 노인만이 가능한 것이었다.

지극히 단순 무식한 파훼법이었으나 무엇보다 효과적인

대웅이기도 했다.

"흐음……."

문제는 노인이 바람을 일으킨 수법이었다. 자연지기를 운용하는 방법이 무(武)의 방식이라고 보기에는 조금 애매했던 것이다.

곰곰이 생각하던 조휘가 이내 그 표정에 당혹감을 드러냈다. 이런 특이한 자연지기의 발현법(發現法)이 무엇인지 마침내 떠오른 것이다.

"요인(妖人)인가?"

"뭐, 뭐라고!"

얼마나 놀랐는지 노인이 손에 들고 있던 지팡이마저 떨어뜨린 채 경악하고 있었다.

요인이라니!

이 땅 위에 요괴(妖怪)를 그렇게 부르는 인간은 더 이상 존재하지 않았다.

요인이란 말 그대로 요괴를 인간으로 취급하는 단어니까.

머나먼 상고, 아니 상고(上古)라는 말로 부를 수도 없는 머나먼 과거의 시대.

요인과 인간이 공존했던 그 시절의 사람들만이 요괴가 인간종에게서 갈라져 나온 종(種)이라는 것을 알고 있었다.

"대단한 둔갑술(遁甲術)이다. 감히 내 눈으로 하여금 사람으로 착각하게 만들다니. 무엇보다 요인이여. 살아 있음에 감사하다."

"가, 감사하다고?"

조휘의 동공이 이내 착잡한 빛으로 물들었다.

"너희를 해악(害惡)으로 여겼던 것은 진실로 나의 실수였다. 너희에게 인간성이 사라졌다고 생각한 것도 나의 실수였다."

"뭐라는 거냐 대체!"

조휘가 더없이 음울한 눈빛으로 자신의 두 손을 응시했다.

"너희들의 영산을 내 손으로 없애고 얼마나 오랜 시간 후 회했는지 모른다. 차라리 죽고만 싶은 심정이었지. 지금 당장 너희 족속에게 목숨으로 속죄하고 싶지만 인간의 절멸을 막기 위해 그럴 수 없음을 용서하라."

"여, 영산(靈山)?"

노인의 두 눈이 순식간에 두려움으로 물들었다.

영산적멸(靈山寂滅)의 재앙!

만 년 이상 지속돼 온 요인족의 삶은 그때 완전히 절멸했다.

더 이상 영산의 영기를 생흡(生吸)할 수 없었던 요인들은 광기에 휩싸여 인간 세상을 어지럽히다 처형당하거나 일부 는 지하로 숨어들 수밖에 없었다.

지하세계에서의 삶은 더욱 지옥이었다.

영험한 영기 대신 음기로 가득한 지기(地氣)를 먹다 보니 더욱 광기로 물든 괴물로 변하여 서로가 서로를 먹는 참혹한 지경을 마주한 것이다.

"그게 너였다고……?"

천천히 노인의 둔갑술이 풀린다.

사자의 갈퀴와 같은 거친 털이 그의 온몸에서 돋아났고, 무쇠와 같은 근육이 돌출하여 그의 마의를 완전히 찢어 놓았다.

그 모습이 실로 흉흉하고 무시무시했다.

조휘가 깊이 탄식했다.

"원족(猿族)의 요인(妖人)이여. 원한을 미룰 수는 없겠는가? 또다시 요인의 피를 내 손에 묻히는 것은 죽기보다 싫구나."

그 말을 끝으로 조용히 두 눈을 감아 버리는 조휘.

감히 인간을 사랑하다니!

인간을 지키기 위한다는 명분으로 해 온 자신의 모든 악행이란 결코 정당화될 수 없었다.

자신은 충분히 악(惡).

인간에게 절멸의 운명만 거둬 낼 수만 있다면 언제든 자의로 소멸하고 싶었다.

그때.

쿠쿠쿠쿠쿠쿠쿠

천산 전체가 진동한다.

이름 모를 원족의 요인이, 자신의 힘을 극한까지 끌어올리고 있었다.

"서, 설마?"

둔갑술을 거두며 마침내 드러난 원족의 진정한 존재력이

란 놀라운 것이었다.

조휘는 그의 존재력이 초월적인 것임을 곧바로 알아차릴
수 있었다.

"성좌(星座)!"

그랬다.

눈앞의 원족은 스스로 종(種)의 한계를 뛰어넘고 격(格)을
이룬 존재.

"나 혼자다!"

흉흉한 살의를 가득 드러낸 채로 원족이 말했다.

"그 많은 요인들 중에서 살아남은 건 오직 나 혼자란 말이다!"

쿠콰콰콰콰!

성좌, 제천대성(齊天大聖)이 조휘를 향해 흉포하게 짓쳐
들었다.

그 지옥과도 같았던 영산적멸의 주체가 눈앞의 이 인간이
라니!

콰아아앙-

콰아아아앙-

하지만 세상에 존재하는 모든 살의를 담아 퍼부은 그런 자
신의 공격을, 상대는 허망하리만치 가볍게 막아 내고 있을 뿐
이었다.

믿을 수 없었다.

상대의 엄청난 존재감에, 어쩌면 자신과 같은 좌(座)일지

도 모른다는 생각은 했었다.

허나 무한한 요력의 적공 끝에 마침내 좌에 이른 자신의 공격을 이처럼 아이 다루듯 할 수 있다는 것을 도무지 인정할 수가 없었다.

무슨 거창한 방법도 아니다.

무심한 표정으로 그가 펼치고 있는 것은 단지 얇고 투명한 한 줌의 장막뿐이었다.

의념의 장막.

인간의 무공으로 펼쳐 낸 저 단순한 방어막을 도무지 떨쳐 낼 도리가 없었다.

'고작 인간의 염동(念動) 따위가 어떻게 수없이 요력을 초월해 온 내 힘을 막아 낼 수 있는 거지?'

제천대성으로서는 조휘가 펼치고 있는 의념을 초월한 극의념계(極意念界)를 결코 알아보지 못했다.

"그만해라."

한 차례 한숨을 쉬던 조휘가 충격파로 인해 만신창이가 된 천산을 안타까운 눈으로 바라보고 있었다.

그런 조휘의 모습에 제천대성의 두 눈에 활화산과 같은 분노가 드러났다.

이 천산은 요인들의 영산(靈山)에 비한다면 그야말로 무가치한 산.

이런 하찮은 산이 부서지는 것도 저렇게 안타까워하는 자가 그렇게 무참히 영산을 파괴했단 말인가?

자신의 영혼에 화인처럼 새겨져 있는 영산적멸(靈山寂滅)의 대재앙.

미지의 거력에 송두리째 무너져 내린 영산은 그 후로 다시는 회복되지 못했다.

조휘의 물빛처럼 투명해진 두 눈이 미증유의 살기를 드러내고 있는 제천대성에게 향했다.

"그리도 화가 나느냐."

가타부타 말도 없이 재차 손속을 펼치려는 제천대성에게 또다시 조휘의 무심한 음성이 날아들었다.

"영산을 없앤 것이 나의 악업이라면 너희들의 악업은 무엇이냐?"

"감히!"

"너희들이 요괴라 불리게 된 것까지도 내 탓으로 돌릴 참이냐."

영산의 영기만으로 만족하지 못한 타락한 요인들.

그들은 속세에 나와 인간들을 살육하고 그 정혈을 취하여 점점 더 가공할 요력을 발휘했다.

조휘로서는 점점 천하를 혼탁하게 만드는 요인들을 결국 용납하기 힘들었던 것.

"겁(劫)이란 살아가는 륜(輪). 너희들은 스스로 겁의 굴레를 더럽혔으며 몰락의 단초를 제공했다. 내가 아니었더라도 너희 요인들은 인간들에 의해 절멸했을 것이다."

"홍! 고작 인간들 따위가!"

"따위?"

조휘가 잔인하게 비웃으며 고개를 주억거렸다.

"나 하나도 어쩔 수 없는 놈이 감히 인간을 하찮게 여긴단 말이냐?"

"네놈은 나처럼 이름을 받은 좌(座)다! 인간이 아니지 않느냐!"

"그래?"

조휘가 빙그레 미소 지으며 제천대성을 재차 응시했다.

"허면 넌 왜 이렇게 불같은 분노를 드러내고 있는 거지? 너역시 이미 요인의 굴레를 벗어나 신성한 격을 이룬 좌이지 않느냐."

"그, 그건……!"

조휘가 단호한 표정으로 제천대성의 말을 잘랐다.

"네가 요인임을 잊지 않듯, 나 역시 모든 인간의 역사를 영원토록 증거하며 살아갈 것이다."

"……."

"또한 너 역시 우주의 무수한 성좌들과는 달리, 나처럼 출신 종족을 어여삐 여기며 수호(守護)하려는 의지를 보이고 있지 않느냐? 이는 비록 갈래는 달라졌으나 네놈도 인간이라는 뜻."

"내가 인간이라고?"

정체성에 혼란을 겪으며 지극히 당황해하고 있는 제천대성.

"네게 묻겠다. 출신 종족을 아끼고 수호하는 다른 성좌들을 또 본 적이 있느냐?"

조휘를 대하는 제천대성의 태도가 갑자기 진지하게 바뀌었다.

"다른 성좌들을 본 적은 없다."

"음?"

그러고 보니 의문이었다.

눈앞의 이 원족 요인은 분명히 격에 올라 성좌가 된 존재.

당연히 차원의 벽을 넘어 이 중원에 본체가 존재할 수 있다는 것은 말이 되지 않았다.

그것은, 다른 이의 몸을 빌려 다시 태어난 자신과 같은 환생자가 아니라면 결코 넘을 수 없는 우주의 법칙.

설마 '그'가 벌써 법칙의 문을 부쉈단 말인가?

"언제부터 이 천산에 있었지?"

"오래전부터."

"그러니까 얼마나?"

"수천 년이 넘었다."

"뭐라?"

이미 수천 년 전부터 이 중원 세상에 존재해 왔다고?

적어도 그 격이, 성좌에 걸맞은 진실된 격이라면 결코 있을 수 없는 일.

그러고 보니 조휘는 지금까지 자신의 환생의 여정에서 이 원족 요인을 단 한 번도 본 적이 없었다.

"네게 이름을 준 자가 누구냐?"

제천대성의 얼굴에 강렬한 의혹이 떠올랐다.

"이름을 받고 좌에 올랐으면서도 어찌 그것을 모를 수 있단 말이냐?"

"안다고?"

창조자의 반열에 있는 위대한 존재들은 단 한 번도 자신들의 진실된 정체를 성좌들에게 밝힌 적이 없었다.

한데도 자신에게 새로운 이름을 부여하여 좌의 격을 허락한 존재의 이름을 알고 있다고?

조휘가 극도로 엄혹한 얼굴이 되어 제천대성을 다시 바라본다.

"설마 신(神)…… 아니 천제를 본 것이냐?"

이 중원 문명권에서 최고의 격을 지닌 신이란 천제(天帝)다.

"역시 알고 있구나. 그분은 스스로 가장 드높은 곳에 존재하는 자. 제천대성은 그런 천제님께 직접 부여받은 이름이다."

"미친놈."

신?

모든 하위 종들에게 갖은 형상의 신으로 나타나는 그놈은 사실 '이름 짓는 환영'이었다.

거짓 성좌들을 양산하여 그들에게 흠모와 칭송을 받아 옴으로써 자신의 세력과 존재력을 유지하는, 그야말로 성좌들 중에서도 가장 추잡스런 존재.

그 은밀한 사기에 이 불쌍한 원족 요인도 희생된 것이었다.

이름 짓는 환영의 특기는 당연하게도 환영(幻影).

신의 이적과 같은 기적을, 그는 온갖 황홀한 환영으로 구현해 낼 수 있었다.

나직이 한숨을 쉬던 조휘가 그런 모든 사실들을 제천대성에게 말해 주었고.

이내 제천대성이 믿을 수 없다는 듯 강렬한 의문을 드러냈다.

"캬아아아악! 그, 그 모든 게 단지 거짓된 환영이라고? 그럴 리가? 그럴 리가 없다! 어찌 그토록 황홀하고 엄청난 경험이 단지 환영일 수 있단 말이냐!"

이름 짓는 환영은 비록 성좌들의 세계에서 추악한 악명을 떨치고 있었지만 사실 존재력만 따진다면 최상위 서열의 성좌였다.

단적인 예로, 제천대성이 스스로 허점을 드러내기 전까진 조휘조차도 그를 성좌로 인식하고 있었다는 것.

놈이 대단한 것은 현실과 가상을 절묘하게 섞어 만드는 이 무시무시한 환영 때문이었다.

그가 지닌 환영의 속성이란 이처럼 존재력조차 속일 수 있다는 것.

"어쩐지 무지막지해 보이는 공격에 비해 부실하기 짝이 없더라니."

문제는 한번 상대에게 인식된 환영은 쉽게 깨어진다는 점
이다.

조휘가 존재력을 펼쳐 금방 제천대성에게 드리우자.

츠츠츠츠츠-

그의 전신을 감싸고 있던 거짓된 환영이 말끔하게 씻겨 내
려가기 시작한다.

"어? 어?"

현실과 가상을 섞어 구현해 낸 그럴싸한 환영이 모조리 사
라진다.

제천대성은 자신의 본질을 증폭하던 어떤 미지의 힘이 모
두 사라졌음을 느껴야만 했다.

조휘는 드러난 그의 본질을 무심히 바라보더니 나직이 감
탄성을 터뜨렸다.

"실로 대단한 요력이다."

과연 최후로 살아남은 요인답게, 환영이 모두 걷힌 후에도
제천대성의 요력은 엄청난 것이었다.

수천 년 동안 요력을 적공한 존재답게 적어도 삼신(三神)
의 수준은 가뿐히 능가하고 있었다.

"마, 말도 안 돼……."

요인의 한계를 뛰어넘어 격을 이룬 자신의 경지가 설마하
니 가짜였다니.

모든 것을 잃은 처참한 심정으로 고개를 내리깔고 있는 제천대성.

그런 그의 귓전으로 조휘의 익살 섞인 음성이 스며들었다.

"아까운 게냐?"

"아깝지! 그렇게 꼭 다 가져가야만 속이 후련했냐!"

조휘가 시원하게 고개를 끄덕이며 뜻밖의 제안을 제천대성에게 건넸다.

"내 직접 요인들의 영산을 복원해 주겠다. 또한 그런 가짜 힘 따위가 아니라 진정한 존재력이 무엇인지 느끼게 해 주지."

"여, 영산을! 요인들의 영산을 돌려준다고?"

"왜? 불가능할 것 같으냐?"

"……"

눈앞의 상대는 자신의 수천 년 적공이 담긴 요력을 의념의 장막 하나로 막아 내는 괴물이자 진정한 성좌.

상대가 진실로 신의 힘을 발휘하는 성좌라면, 영산을 다시 돌려준다는 말이 단순한 허언처럼 들려오진 않았다.

"원숭아."

"엡?"

상대의 손에 자신의 앞발(?)이 공손히 포개어져 있다는 사실을 뒤늦게 눈치챈 제천대성이 기겁을 하며 뒤로 물러났다.

"무, 무슨 술수를 부린 것이냐!"

그 모습이 귀여워 죽겠다는 듯, 조휘의 표정이 다시 예의 익살로 물들었다.

"원족은 이 내가 가장 아끼던 요인족이었다. 당연히 복종
하는 근성이 영혼에까지 새겨져 있겠지."

"캬아악! 다, 닥쳐라 이놈!"

"원숭아."

"옙? 아악!"

제천대성이 자신의 발(?)을 잘라 낼 듯 스스로 요력의 검을
발휘하자.

"너희들도 인간이라는 것을 미처 깨닫지 못했던 나를 용서
해 다오. 네가 그토록 힘을 소원한다면 내 반드시 너를 천하
무적으로 만들어 주겠다."

"천하무적(天下無敵)? 홍! 이미 지금도 나는 천하무적이다!"

"그래?"

그 순간, 마치 천산의 하늘 전체를 잠식할 듯한 막강한 극
의념계의 힘이 제천대성을 향해 압박해 가고 있었다.

"아, 아니 당신만 빼고!"

극의념계를 통해 발휘되던 조화의 모든 존재력이 제천대
성이 아니라 이내 천상(天上)을 향해 넓게 드리워졌다.

"너의 고명한 요력으로 할 일이 있다. 네가 나와 함께 이 중
원 땅에 드리운 불길한 암운(暗雲)을 막아 내고 끝내 인간들
을 구해 낸다면 내 이번 생의 남은 삶은 요인(妖人)을 위해 한
번 살아 볼 참이다."

"미친! 이 제천대성이 인간들을 구한다고?"

생각만으로 소름이 돋는다는 듯 제천대성이 발작적으로 소리치자.

"원숭아."

"옙? 하……."

'원숭아'라는 단어만 귓전으로 들려올 때면 왜 조건 반사처럼 앞발부터 튀어 나가는 걸까.

자신의 앞발을 처연한 심정으로 바라보고 있던 제천대성이 자포자기한 심정으로 입을 열었다.

"그래서요. 도대체 뭘 해 줄 건데요."

조휘가 자신의 손에 앞발을 포개고 있는 제천대성을 자애롭게 쓰다듬는다.

"이걸 이마에 씌워 본다면 모두 알게 될 것이다."

"음?"

조휘가 품에서 꺼낸 것은 웬 작은 금속 쪼가리.

제천대성이 괜히 불길해져 슬며시 앞발을 뺀다.

"그게 뭔데요. 뭐 하는 건데요."

조휘가 음흉하게 웃으며 금고아를 씌우는 삼장법사처럼 제천대성에게 다가간다.

"금방 끝날 거다."

"아, 아니 그게 도대체 뭐냐고!"

"아프지도 않을 거야."

조휘가 우악스럽게 제천대성의 머리채를 쥐자.

"아악 이것 놔! 놔라고!"

결국 이마에 뉴럴링크 칩이 박혀 버린 제천대성은 엄청난 괴성을 연신 질러 댔다.

"캬아아아아악!"

요인은 비록 종(種)의 분화를 맞이하여 인간과 다른 길을 걷게 되었으나 과거 원시 고대 때는 분명 인간과 동류였다.

그러므로, 이 원족 요인에게도 뉴럴링크 칩이 효과가 있을 거라는 조휘의 예상은 과연 적중했다.

화아아아악-

이질적인 초감각이 개화(開花)된다.

뉴럴링크 칩은 제천대성이 지닌 유전 형질 중에서 가장 강력한 유전자를 선택하여 유전 정보를 새롭게 강화했다.

"끅!"

제천대성이 갑자기 고개를 뒤로 꺾으며 허연 동공을 드러내고 있는 것은, 극한의 고통 때문이 아니라 새로운 초감각에 의해 알 수 없는 전능감(全能感)이 치밀어 올랐기 때문이다.

"캬아아아아아!"

꾸르르르릉!

사자후, 아니 원후(猿吼)일까.

갑작스런 전능감에 터뜨린 제천대성의 괴성이 천산 전체를 진동시키고 있었다.

우득

뿌드드득

재구성을 맞이한 제천대성의 육신.

기존의 푸석하고 **빳빳한** 털이 모두 떨어져 나가고 연한 금
빛을 머금은 윤기 나는 털들이 새롭게 돋아났다.

그와 동시에 그의 두 눈에 작열하듯 자리 잡은 금빛 안광.

몸집 역시 두 배 이상 불어났고 온몸의 근육들도 더욱 팽팽
해져 건강미를 과시했다.

이건 마치 강력한 원숭이 괴수를 보는 것 같다!

"원숭아."

턱!

조휘는 적어도 두세 배는 커진 것 같은 제천대성의 앞발을
흡족한 얼굴로 만지고 있었다.

"아 썅."

스스로에게 거친 상욕을 퍼부으며 앞발을 회수한 제천대
성이 이내 잔뜩 신이 난 얼굴로 자신의 달라진 모습을 점검하
고 있었다.

그런 제천대성을 바라보고 있던 조휘도 덩달아 기분이 좋
아져 함께 웃었다.

단순히 몸집만 커진 금빛 원숭이가 아니다.

그의 주위로 아지랑이처럼 일렁이고 있는 요력은 조휘조
차도 소스라치게 놀랄 만큼 강력했으니까.

"뭐가 달라진 거 같으냐?"

"아니……."

도저히 믿기 힘들다는 듯 차마 말도 잇지 못하고 있는 제천대성.

자신의 전신에 들끓고 있는 진화된 요력이란 평소 발휘하던 성질과는 아예 차원이 달랐다.

대체 같은 수준의 요력으로 몇 배의 위력을 발휘할 수 있게 된 건지 제천대성은 감을 잡을 수가 없었다.

"시험해 봐도 되겠지?"

역시 보통 패도적인 놈이 아니다.

이제 웬만한 성좌들은 이 성질 더러운 원숭이를 얕봤다가 피똥을 싸게 될 것이다.

"좋을 대로."

조휘의 말이 떨어지기가 무섭게 제천대성의 요력이 날아들었다.

"호오."

콰쾅!

콰콰콰콰콰콰―

극의념계로 펼친 조휘의 의념 장막이 보기 좋게 우그러지며 금방 파괴되어 버렸다.

신이 난 제천대성이 더욱 요력을 끌어올리자 그의 두 눈이 완연한 금광으로 휩싸였다.

부우우우웅―

태양만큼 눈부신 금광이 사방으로 작열한다.

상상할 수도 없는 엄청난 위력의 요력이 순식간에 사방 수천 장으로 미치자 새하얀 천산의 눈이 모두 기화되어 막대한 규모의 수증기가 구름처럼 피어났다.

그런 수증기 구름 속에서 조휘의 신형이 불쑥 튀어 올랐다.

"좋군!"

명불허전 중원의 대검종(大劍宗), 소검신이 현신했다.

극의념계로 펼쳐 낸 그의 검이란, 역사상 그 어떤 중원의 검수도 펼쳐 내지 못한 천상의 검법이었다.

붉은 매화 꽃잎으로 물든 천산.

그런 천향밀밀(千香密密) 속에서 뇌전과 함께 나타난 푸른 용이 하늘로 승천하니, 그것이 바로 창궁무애검법의 최후 초식 뇌룡검천절대세(雷龍劍天絶代勢).

절대의 뇌력을 머금은 푸른 용은 이내 천지조화를 부려 천하절대검령(天下絶大劍靈)의 위력을 떨치다, 구유의 검이 되어 천마멸겁무(天魔滅劫舞)로 화한다.

구유 속에서 흉포한 이를 드러낸 천마의 검은 천산을, 아니 천하를 수천수만 조각으로 찢어 놓았다.

콰콰콰콰콰콰콰콰!

그 모습을 멍하니 바라보던 제천대성이 힘없이 두 팔을 늘어뜨렸다.

전의를 상실했다?

그런 나약한 감정조차 들지 않는다.

차라리 절대성을 향한 하나의 경이(驚異).

그는 한낱 여섯 자 반 치의 검으로써 천지를 운행하며 삼라만상의 조화를 부리는 진실된 검(劍)의 신(神)이었다.

무한한 힘으로 진화한 자신의 요력이 이처럼 무기력하게 느껴지다니.

제천대성이 전의를 상실한 모습으로 멍하니 자신을 바라보고 있자, 조휘가 온화한 얼굴로 극의념계를 거두었다.

"……대체 어떻게 하면 당신처럼 될 수 있지?"

제천대성의 당돌한 물음에 조휘가 빙그레 웃어 보였다.

"그리도 멀게만 느껴지느냐?"

한참을 고민하다 고개를 가로젓는 제천대성.

"아니."

제천대성이 조휘의 검을 통해 느낀 격차는 단순한 힘의 위력이 아닌 시간의 벽(壁)이었다.

그는 본능적으로 조휘와 자신 사이에 엄청난 세월의 격차가 있다는 것을 느끼고 있었다.

허나 자신 역시 수천 년간 요력을 닦아 온 요인.

기나긴 생애를 살아가는 요인에 비해 인간의 삶이란 찰나 같은 것이었다.

"도대체 얼마나 산 거지?"

그것은 조휘로서도 계산할 수가 없었다.

모든 환생혼의 세월을 다 합한다면 적어도 만 년 이상이 될 테지만 그렇다고 그것이 자신의 생애 전부는 또 아니었다.

"적어도 너의 열 배는 될 테지."

"뭐, 뭐라고?"

완벽한 패배다.

지나온 세월부터 경험의 깊이까지 자신은 저 인간 출신 성좌의 그 어떤 것도 넘어설 수 없었다.

"쳇, 그러니까 나더러 네 수하가 되라는 거냐?"

"어떻게 받아들이냐는 네 자유다."

"그럼 요표(妖表)를 줘."

당돌한 제천대성의 요구.

조휘는 그제야 이 원숭이가 진심으로 마음을 열었다는 것을 깨달았다.

요표란, 인간 세상의 정표에 비유할 수 있으나 조금은 의미가 달랐다.

정표가 사모하는 연인 간에 주고받는 연정의 증거라면, 요표는 요인들 사이에서 목숨보다도 중요한 약속과 신뢰의 상징이었다.

"당연히 줘야지."

흐뭇하게 웃으며 품에서 예의 '갓박스'를 꺼낸 조휘가 명령조로 입을 열었다.

"지금 만들 수 있는 가장 강력한 물질이 뭐지?"

-반(反)물질입니다.

조휘가 미간을 찌푸렸다.

"질문을 잘못했군. 정정한다. 네가 만들 수 있는 가장 강력한 강도를 지닌 물질을 말해 다오."

-알와이텐(RY-10)이라는 물질입니다.

"알와이텐?"

조휘가 생각이 날 듯 말 듯 아리송한 표정을 짓다 이내 희색이 만연해졌다.

"알 야리 박사!"

중동이 배출한 인류의 영웅이자 아인슈타인의 아성에 도전했던 미래 세계의 천재 과학자 알 야리.

그는 천재적인 발상으로 우주의 모든 물리 현상을 설명할 수 있는 하나의 통합 이론을 완성하여 세계적인 명성을 구가한 이론 물리학자였다.

그는 나노 역학(Nanomechanics)을 통해 탄생시킨 무수한 물질을 발표했는데, 그중에서도 RY-10은 그의 말년에 이르러 성취한 최고의 결과물, 그야말로 인류의 기적과 같은 위업이었다.

RY-10의 막강한 내구성을 바탕으로 인류는 마침내 성간 이동이 가능해졌다.

"지금 만들 수 있나?"

이어 갓박스의 하부에서 환상처럼 일어난 빛무리.

그렇게 천산 일대를 한참이나 스캐닝하던 갓박스가 불가의 의사를 표시해 왔다.

-적합한 재료를 찾지 못했습니다.

"음…… 역시 남하(南下)해야겠군."

-그렇습니다. 바닷물에는 지구상에 존재하는 모든 종류의 원소가 녹아 있습니다.

"바로 가지."

조휘가 검을 타고 말로 형용할 수 없는 미친 속도로 남하하자, 제천대성의 두 눈이 믿을 수 없다는 듯 크게 떠졌다.

요인들의 가장 뛰어난 특기 중의 하나가 무공술(舞空術).

요인들은 선천적으로 요력을 타고나기에 걸음마를 뗴는 순간부터 허공을 날아다닐 수 있었다.

그렇게 날 때부터 수련해 온 자신의 무공술보다도 더욱 빠르게 하늘을 누빌 수 있다니!

하지만 지는 것은 죽기보다도 싫은 제천대성이었다.

"끼아아아아아!"

제천대성이 강렬한 괴성을 지르자 이내 찬란한 금광이 그의 몸을 휘감았다. 그야말로 전력으로 요력을 발휘한 것이다.

터엉!

순식간에 음속을 돌파하며 생긴 굉음이 천산의 하늘에 길게 울려 퍼졌다.

88 章.

88章.

중원천하(中原天下).

아무런 이유 없이 중원이 천하라 불릴 수 있겠는가.

그 광활함을 가히 필설로 형용할 수 없기에 천하 그 자체라 불리는 것이었다.

단 반나절 만에 신강(新疆)에서부터 해남(海南)까지 사선으로 종단한 제천대성은 자신이 이룬 성과였으나 도무지 실감이 나지 않았다.

자신의 기나긴 생애에서도 단 한 번도 시도, 아니 상상조차 해 보지 못한 일.

아니, 애초에 새롭게 진화된 요력이 아니었다면 도저히 불

161

가능한 일이었다.

　그렇게 거의 모든 요력을 쏟아 내고 나서야 겨우 해남까지 도착한 자신과는 달리, 저 미친 인간(?)에게는 무기력함이란 찾아볼래야 찾아볼 수가 없었다.

　이런 지독한 패배감은 난생처음.

　씁쓸한 입맛을 다지던 제천대성이 힘없이 고개를 늘어뜨려 조휘를 응시했다.

　"도대체 그 괴상한 법보는 무엇이고 이 먼 해남까진 왜 날아온 거냐? 사람처럼 말하는 법보란 당최 들은 바가 없다."

　바다의 정취를 흠뻑 느끼며 눈을 감고 있던 조휘가 인상을 찌푸렸다.

　"요표를 요구한 것은 네놈이다."

　"아니, 그게 이 개고생과 무슨 상관이냐고."

　"원숭아."

　절로 앞발이 공손하게 포개진다.

　"키아아악! 도대체 이놈의 손은 왜 이러는 건데!"

　"원족의 영혼에 새겨진 공손함의 증거지. 누가 가르쳐 주지 않아도 어미의 젖을 무는, 아이의 본능과도 같은 것이다."

　"싯팔 그게 말이 되냐고!"

　조휘가 아랑곳지 않고 쪼그려 앉아 물끄러미 갓박스를 응시했다.

　"아직 멀었냐?"

-당황스럽군요. 이렇게 오염되지 않은 해수(海水)는 처음이라서.

고개를 갸웃하는 조휘.

"어째서 그게 문제가 되는 거지? 깨끗하다면 오히려 더 수월하지 않나?"

-플라스틱과 같은 평범한 합성 물질조차 없다는 것은 꽤 문제가 큽니다. 그 밖에 어떤 합성 물질도 존재하지 않습니다.

바닷물이 깨끗한 게 문제가 될진 몰랐다.

이렇게 청명하고 깨끗한 바다를 보는 건 오랜만이라 자신은 이렇게나 기분이 좋은데.

"그래서 얼마나 걸리냐고."

-여러 물질들을 합성하고 있습니다. 15시간 정도를 예상하고 있습니다.

"음, 알았다."

그렇게 조휘와 제천대성은 오래도록 묵묵히 갓박스를 기다렸고.

다음 날 이른 아침이 돼서야 갓박스는 RY-10이라는 강력한 미래 물질로 완성된 하나의 봉(棒)을 출력해 냈다.

"자, 받아라."

"이, 이게 뭐냐?"

씨익 웃는 조휘.

"너에게 주는 요표다. 원숭이에겐 모름지기 작대기가 최

163

고지."

조휘에게 요표(妖表)를 받아 든 제천대성은 한껏 신이 나 있었다.

아무렇게 휙휙 휘둘러 봐도 멋들어지게 봉술을 펼쳐 봐도 언제나 변함없이 찰진 손맛.

가볍지도 무겁지도 않은 절묘한 무게 균형, 적당한 길이, 수수하지만 단단함이 느껴지는 외관.

어느 것 하나 마음에 들지 않는 것이 없었다.

그런데 저 조휘가 말한 설명 중에서 놀라운 점이 하나 더 있었다.

"정말 이 봉의 크기를 변화시킬 수 있다고?"

"RY-10이 기적의 물질이라 불리는 이유지. 크기는 물론 경도와 인장 강도처럼 물질의 기본 성질까지 바꿀 수 있다."

"어, 어떻게?"

대체 그게 말이 되나?

조휘의 표현대로라면 이 봉은 살아 있는 생물이나 마찬가지.

"너의 유전자 코드를 입력하면 곧바로 계정이 생성된다."

"유, 유전자 코드? 계정?"

조휘가 한숨을 내쉬며 시선으로 봉의 끝부분을 가리켰다.

"거기에 투명한 막 같은 것이 보이지 않느냐. 거기에 네 피를 떨어뜨려라."

"엥? 내 피는 왜?"

"싫어? 그럼 도로 주든가."

"아니! 그렇게 하겠다!"

우우우웅-

제천대성의 피를 인식한 투명한 막이 이내 처음부터 없었던 것처럼 사라진다.

곧바로 제천대성은 자신과 봉을 연결하고자 하는 어떤 미지의 힘을 느낄 수 있었다.

"이, 이건 뭐야!"

"생성됐군. 이제 그 봉의 소유자는 영원히 바뀌지 않을 것이다."

멍하니 봉을 바라보고 있는 제천대성.

설마 하는 마음에 '정말 이게 더 길어질 수 있다고?'라는 생각을 머릿속에 그린 순간.

"우와앗!"

우웅-

봉이 기이한 소음과 함께 빛살에 휘감기더니 이내 엿가락처럼 쭈욱 늘어났다.

하늘 끝에 닿을 기세로 구름층마저 뚫어 버린 기다란 봉.

"이, 이럴 수가⋯⋯!"

직접 두 눈으로 보고도 믿을 수가 없었다.

"이런 법보란 내 긴긴 세월 속에서도 들은 바가 없다. 마음먹는 대로(如意) 길이를 변화시킬 수 있는 봉(棒)이라니."

"그래서 여의봉이지."

"……여의봉?"

조휘가 빙그레 웃으면서 대답했다.

"원숭이에겐 딱이거든."

"……."

뉴럴링크 칩으로 강화된 제천대성이 이 무식한 봉을 들고 전장에서 날뛸 것을 생각하니 벌써부터 기분이 좋아지는 조휘였다.

"자, 어쨌든 요표까지 받았으니 넌 이제 내 수하다."

"으음. 알았다."

"쯥! 말투."

"힉! 알겠소."

"습니다 이 새끼야."

"아, 알겠습니다!"

조휘의 매서운 눈초리가 북쪽을 향했다.

"다시 신강으로 가라. 그리고 머리 없이 돌아다니는 인간을 찾아."

이미 야접에게 하달해 놓은 임무였으나 그래도 조휘는 마음이 놓이지 않았다.

수확하는 틈새가 날뛰는 것을 내버려 둔다면 중원의 피해는 기하급수적으로 불어날 것이었다.

"아니, 지금 바로요?"

"그래."

이 미친 주인 좀 보소!

이 머나먼 해남까지 죽을힘을 다해 날아왔기에 제천대성에게는 그야말로 한 방울의 요력도 남아 있지 않았다.

하지만 조휘가 누군가.

그런 상황을 모를 리 없는 인간이다.

"갓박스. 아까 만들어 놓으라고 한 건 어찌 됐나."

-이미 제작이 완료되어 있습니다.

과연, 방금 전까지만 해도 요란한 빛을 발하며 프린팅을 하고 있었던 갓박스가 구동을 멈춘 상태.

"외관은 평범하군."

미래 세계의 삶의 질을 혁명적으로 바꿔 놓은 이동 수단.

이론상으로만 존재하던 반중력 장치를 마침내 완성한 인류는 C. G, 즉 클라우드 그릴러(Cloud Griiller)라는 놀라운 이동 수단을 만들어 냈다.

저 작은 작은 원구가 바로 그것.

갓박스가 데니악 사(社)의 최고 걸작, 더티 플라잉을 보다 제작하기 쉬운 형태로 재탄생시킨 것이었다.

"올라타 봐."

제천대성에게 조휘의 시선을 따라 작은 원구를 향했다.

"저, 저게 뭡니까?"

"타 보면 알아."

그렇게 제천대성이 덤덤한 표정으로 작은 원구에 올라타자, 원구의 주위로 오오라처럼 희뿌연 에테르(ether)가 피어올랐다.

저 신비로운 에테르가 바로 인류에게 반중력의 꿈을 가능케 한 무한의 힘.

그 모습이란 마치 구름에 올라타고 있는 꼴이었다.

"이, 이건 무엇에 쓰는 법보죠?"

"인간이 만들어 낸 최고의 말."

"말(馬)? 이걸 말처럼 탄다고요?"

제천대성의 의지를 염동 파동으로 읽어 낸 원구가 곧바로 자신의 출력을 최대치로 높였다.

"으익? 으아아아악!"

쿠콰콰콰콰-

강한 충격파로 백사장의 모래가 사정없이 뒤집히자 이미 제천대성은 새까만 점이 되어 조휘의 시야 밖으로 사라져 가고 있었다.

"근두운(筋斗雲)도 원숭이에겐 필수지."

청명한 남해의 비경을 바라보며 바다의 정취를 만끽하는 조휘였다.

◆ ◈ ◆

성좌들이 '법칙의 문'을 부수는 것을 마냥 기다릴 수 없었던 조휘는 곧장 당가타(唐家陀)에 도착했다.

병단 하나를 각성자 집단으로 변모시킨 사천장군부를 당가 단독으로 막아 내기란 사실상 불가능에 가까웠다.

구릉을 따라 요새처럼 자리 잡고 있는 뾰족한 전각들.

그 아래에 성곽처럼 드리워진 담벼락이 당가타 전체를 둘러싸고 있다.

그런 담벼락 아래에 은밀하게 몸을 숨기고 있는 암왕의 일원들.

물샐틈없이 당가타를 에워싸고 있는 당가 무사들의 엄혹한 기도는 과거와 하나도 다르지 않은 모습이었다.

달라진 것이 있다면 당가타를 호위하고 있는 무인들의 수가 훨씬 많아졌다는 것.

사천장군부가 사실상의 선전 포고를 해 왔기 때문에 당가타 일대의 긴장감이란 가히 숨 막힐 지경에 이르러 있었다.

그런 살벌한 긴장감을 깬 것은 다름 아닌 조휘.

뼈를 깎는 심정으로 가문을 지키고 있던 당가 무사들이 일제히 두 눈을 휘둥그레 뜨고 있었다.

머나먼 상공에서 천천히 하강하고 있는 어떤 한 사내.

자신들의 물샐틈없는 호위를 한순간에 무색하게 만들어 버린 그 사내는 아무렇지도 않게 주변을 돌아보며 퉁명한 음성을 발하고 있었다.

"건강하게 잘들 계셨습니까."

씨익-

새벽녘 어스름 아래 새하얗게 빛나고 있는 사내의 미소.

그 특유의 미소는 당가의 무사들에게 너무나 익숙한 존재의 그것이었다.

"소검신!"

"조휘 공자님을 뵙습니다!"

임무도 잊고 일제히 화색으로 달려온 당가의 무사들.

그는 이 사천의 문화를 송두리째 바꾼 인물이자 당가에게 막대한 부를 안겨 준 귀인(貴人)이기도 했다.

"하하! 어르신도 계셨네!"

담벼락의 어스름한 그림자에서 슬며시 몸을 드러낸 노고수는 바로 당인상.

과연 그다웠다.

가문의 원로라는 권위에 얽매이지 않는 저 자유로움.

당가의 무사들은 과거 절대독인의 전설에 가장 가까웠던 가문의 원로와 함께 임무를 수행하고 있었다.

그런 벅찬 마음으로 일어난 사기란 드높기 짝이 없을 터.

가장 밑바닥의 현장에서 가문의 젊은 무사들과 함께 구르는 원로라.

"과연 어르신답네요."

조휘를 바라보는 당인상의 얼굴도 자애롭게 변하고 있었다.

"당가타에 온 것을 환영하네. 소검신."

그는 가문을 향한 자신의 원한을 잊게 해 준 소중한 존재.

조휘가 아니었더라면 이렇게 자신이 다시 당가타에 돌아오는 일은 꿈도 꿀 수 없었다.

조휘의 시선이 당가타의 담벼락 밖을 향했다.

"저 구릉 아래에 진(陣)을 치고 있더군요. 진군이 얼마 남지 않아 보였습니다."

조휘는 분명 보았다.

전열의 가장 선두에 있는 기수(旗手)들이 깃대를 점검하는 것을.

기수가 깃대를 손질한다는 것은 진군이 얼마 남지 않았다는 것.

이 당가타에게 닥칠 재앙이 머지않음을 뜻하는 것이었다.

당인상의 얼굴에서 착잡한 심정과 기대의 빛이 동시에 교차되고 있었다.

"혹 자네는 우리 당가를 도와주러 온 것인가?"

한 치의 망설임도 없이 고개를 끄덕이는 조휘.

"당연하죠. 감히 강호무림과 관 사이의 오랜 상호 원칙을 깼다는 것이 어떤 재앙을 불러일으키게 되는지 똑똑히 보여 줄 겁니다."

"오오! 소검신!"

"역시 우리의 팔무좌다!"

순식간에 당가타의 외원 전체가 거센 환호성에 휩싸였다.

그만큼 소검신의 참전 소식은 마른 대지를 적시는 비와 같았다.

숨죽인 채 외원을 지키고 있어도 모자랄 당가의 무인들이 그렇게 거센 환호성을 질러 대자 당가의 원로들과 수뇌들이 속속들이 현장에 도착했다.

"소검신!"

"조 회장!"

가주인 독룡제 당무호를 필두로 당가의 각 전(殿)과 당(黨)을 대표하는 수뇌들이 일제히 조휘의 주변을 에워싸며 반가움을 드러내고 있었다.

당무호가 한껏 희색이 만연한 표정으로 조휘의 양 어깨를 잡았다.

"돌아가는 분위기를 보아하니 자네가 우리 당가에 힘을 보태기로 한 게로군! 고맙네! 정말 고마우이!"

그간의 고충이 얼마나 심했는지 독룡제 당무호의 안색은 한눈에 봐도 딱할 정도였다.

조휘는 자신에게 희망을 보고 있는 당가의 명숙들을 시선으로 살피며 자신의 계획이 완전히 성공했음을 확신하고 있었다.

"그게 제가 직접 나서겠다는 뜻은 아니고."

"음?"

"그건 또 무슨 소린가?"

수만에 이르는 무림맹도들을 홀로 압도한 조휘의 명성이

란 이미 사천에서도 자자했다.

분명 당가 무사들의 환호란 어쩌면 삼신(三神)의 경지를 능가했다고 평가받는 소검신의 절대적인 무력을 향해 보내는 것이었다.

"아시지 않습니까? 저는 장군부와 척을 질 수 없는 상인입니다."

구겨지는 당무호의 얼굴.

어김없이 장사치의 면모를 드러내는 조휘. 당연히 당무호는 온몸이 화로 들끓어 올랐다.

"지금 우리 당가가 그대의 술수에 놀아날 상황으로 보이는가."

아무리 그가 무인이며 동시에 장사치라 하나 당가의 명운이 달린 상황에서조차 이런 말장난이라니.

방금 전까지만 해도 장군부를 향해 징치(懲治)를 운운하며 팔무좌의 화신처럼 이야기해 놓고, 이제 와서 다른 사람처럼 굴어 대니 도무지 그의 숨은 의도를 파악할 길이 없었다.

조휘가 무덤덤한 표정으로 품을 뒤지더니 이내 뉴럴링크 칩 수십 개를 꺼내 당무호에게 건넸다.

"받으시죠."

"음?"

한껏 인상을 찌푸리는 당무호.

처음 보는 형태의 괴이한 물체(?)를 접한 그는 갑작스런 조휘의 행동을 쉽게 받아들이지 못하고 있었다.

그때.

쿠구구구구구구구-

거대한 진동이 순식간에 당가타를 휘감는다.

사천장군부의 오대병단(五大兵團)들이 일제히 진군을 시작한 것이다.

조휘는 소스라치게 놀라 일제히 전투태세를 갖추는 당가 무사들을 무심히 바라보더니 이내 당무호를 향해 다시 입을 열었다.

"저들의 선두가 보이십니까?"

이를 악문 당무호가 당가타를 향해 짓쳐 오는 거대한 군세의 선두를 살폈다.

그의 두 눈에 서린 감정은 놀랍게도 공포(恐怖)였다.

"대관절 저 엄청난 괴물들은 무엇인가?"

맹렬하게 진군하고 있는 괴물 같은 병단.

거인족처럼 거대화된 자, 불길을 몸에 두른 자, 번개를 자유자재로 소환하는 자, 빛살처럼 빠른 자 등.

저 상식 밖의 괴물들 때문에 그간 당가타의 모든 정찰대가 전멸을 거듭했다.

"눈에는 눈, 이에는 이. 받은 대로 돌려주는 것이 당가의 방식이죠."

조휘가 멀겋게 웃으며 당무호의 손에 뉴럴링크 칩을 쥐어 줬다.

"우리도 괴물이 되어 보자고요. 독룡제."

◆ ◈ ◆

조휘가 건넨 뉴럴링크 칩을 멍하게 바라보고 있는 당무호.

당무호는 그것이 강북 무림 일대를 파란으로 몰고 간 무림 맹의 달마진경이라는 것을 한눈에 알아봤다.

이 자그마한 물건은 중원의 절멸을 불러올 귀물(鬼物).

그런 달마진경의 위험성을 설파한 존재 역시 다름 아닌 소 검신 조휘다.

"이걸 왜⋯⋯?"

도무지 이해할 수 없다는 듯한 표정의 당무호를 향해 조휘 가 다급하게 소리친다.

"그래서요? 지금 당가에 닥친 위기를 타개할 방도가 따로 있습니까?"

쿠구구구구구구-

쉴 새 없이 땅거죽을 진동시키는 육중한 충격파가 그들의 엄청난 위력을 증거하고 있었다.

전마(戰馬)보다도 빠르게 진군하고 있는 괴물 같은 인간 병기들.

그 폭풍 같은 기세에 당무호는 질식할 것만 같았다.

"절대경에 근접해 가고 있는 가주님이야 의념의 고수시니 살아남을 수 있겠지요. 하지만 다른 가솔들은요?"

조휘의 뼈아픈 지적에 진득하게 입술을 깨무는 당무호.

확실히, 어떻게든 막아 낸다고 해도 예상되는 피해가 너무 크다.

달마진경(達磨眞經).

원래라면 강호 제일의 무가지보(無價之寶)라 불려 온 보물.

진득이 뉴럴링크 칩을 응시하고 있던 당무호가 결심이 선 듯 입술을 깨물었다.

"믿어 보겠소."

얄팍하게 굴긴 해도 소검신이 거짓을 일삼는 인사는 아니었다. 조휘와의 오랜 거래로 맺어진 신뢰 관계를 다시 한 번 믿어 보기로 한 것이다.

"총사!"

총사를 부른 당무호는 이내 당가 최고의 정예, 독아십이수(毒牙十二手)와 독룡각 서열 사십 위권의 고수들을 추렸다.

"이제 어찌하면 되겠소?"

당무호의 맞은편에 질서정연하게 도열하고 있는 당가 고수들을 묵묵하게 응시하고 있는 조휘.

그가 곧 뉴럴링크 칩을 하나 챙기더니 독아십이수의 제일수(一手) 당상천(唐上千)의 앞에 섰다.

"……."

소검신이 자신의 미간에 괴이한 것을 부착하려는 데도 당

상천은 긴장하는 내색 하나 없이 오히려 한없이 독한 눈빛만
빛내고 있을 뿐이었다.

"흡!"

마치 우모침과 같은 미세한 무언가가 온 뇌리를 휘젓는 느
낌이란 당상천에게도 생경한 것.

그렇게, 평생 동안 단 한 번도 경험해 보지 못했던 초감각
들이 그의 육신 속에서 개화되고 있었다.

"으아아아아아!"

솟구치는 고양감을 도저히 참지 못한 그가 거센 괴성을 질
러 댔고.

순간 독룡제 당무호의 눈빛이 찢어질 듯 부릅떠졌다.

"고독랑(高毒郞)!"

당가 최정예인 독아십이수 내에서도 최강의 무인이라 평
가받아 온 고독랑 당상천이 전혀 다른 '무언가'가 되어 가고
있었다.

스스스스스스-

그의 몸 주위에 아지랑이처럼 일렁이기 시작한 시푸른 연
기들.

"절대독인……?"

분명 그것은 당가의 용독술(用毒術)이 전설적인 경지에 다
다르면 나타나는 전형적인 현상이었다.

절대독인의 전설!

당가의 독인이라면 누구나 바라 마지않는 꿈의 경지.

그 경지에 다다르면 체내의 모든 내공이 강력한 독성을 띠게 되며, 이는 단지 기를 발출하는 것만으로도 만독(萬毒)을 부릴 수 있다는 의미였다.

하지만 조휘는 그저 씨익 웃고 있을 뿐.

"절대독인 따위가 아닙니다."

따위?

당가의 역가 속에서 절대독인이라는 경지는 오히려 암왕(暗王)보다 더 위대한 경지로 평가받고 있었다.

당가 역사상 절대독인의 상징인 절대독룡포(絶大毒龍袍)를 걸칠 수 있었던 무인은 단 두 명뿐.

그 위대한 이름을 '따위'로 폄하하는 조휘를 당무호는 이해할 수 없었다.

"그럼 지금 저 경지는 도대체 뭐란 말이오?"

조휘는 아무런 대답 없이 그저 고독랑 당상천을 응시하고 있었다.

"어떻습니까."

자신의 몸 상태를 무심한 표정으로 점검하던 당상천이 곧바로 당무호에게 무릎을 꿇는다.

"선봉을 허락해 주십시오. 가주님!"

"선봉? 설마 단독으로 말인가?"

"충!"

강렬한 눈빛을 발하며 고개를 조아린 당상천.

이어 당무호에게로 조휘의 음성이 재차 날아들었다.

"당가 역사상 최강의 일기당천(一己當千)을 보시게 될 겁
니다."

가문의 지존이 고민하는 듯하자 당상천은 이내 자신의 주
위로 아지랑이처럼 일렁이고 있는 절대 독령(毒靈)을 자신의
손바닥에 모아 응축했다.

그렇게 액화된 독은 놀랍게도 너무나도 새하얀 백색.

"설마……!"

"저, 저것은 천독입니다. 가주!"

"천독(天毒)!"

독룡제의 곁에 시립해 있던 태상원로와 당주들의 안색이
일제히 경외심으로 물들어 있었다.

그것은 오직 당가의 조사인 천독왕(天毒王)만이 가능했던
경지로, 그런 천독의 전설이 자그마치 육백 년 만에 재현된
것이었다.

절대독인보다도 오히려 더 상위인 천독의 경지라니!

이것은 당가인에게 있어서 조사의 재림이나 마찬가지였다.

"선봉을 허(許)한다!"

"충!"

살육의 향연은 그렇게 시작되었다.

푸스스스스-

돌격해 오는 병단의 중심까지 단숨에 날아간 당상천이 그대로 쌍장(雙掌)을 일으켰다.

병단의 선두에 서 있던 거인(巨人)이 코웃음 치며 당상천을 움켜쥐려 했다.

-헉! 으악!

거인 병사의 거대한 손이 흐물거리며 말 그대로 물처럼 흘러내린다.

그 광경이란 너무나 비현실적인 것이어서 맹렬히 돌진하고 있던 병졸들의 발놀림이 일제히 멈출 정도.

그렇게 거대한 팔을 모두 휘감아 버린 새하얀 연기가 점점 세를 불려 가더니 그대로 거인의 몸 전체를 액화시키기에 이르렀다.

살이 타는 냄새나 소음도 없다.

그저 물처럼 흘러내릴 뿐.

"저, 저럴 수가!"

"흐이익!"

달마진경에 의해 새롭게 태어난 병단 최고의 전사가 너무나도 허망하게 녹아내리자 병단 전체가 술렁였다.

그러나 당상천의 쌍장에서 발출된 천독의 기운은 멈출 기미가 보이지 않았다.

쏴아아아아아-

마치 급류를 맞이한 계곡처럼 순식간에 쓸려 나가는 전열.

바로 옆에서 동료가 물처럼 흘러내리고 있었기에 냉정함을 유지할 수 있는 병사들은 그리 많지 않았다.

"아, 안 돼!"

"으아아악! 살려 줘!"

멀리서 제장들과 진용을 갖춘 채 그 처참한 광경을 지켜보고 있던 가진헌 장군이 기치(旗幟)를 들고 벌떡 일어났다.

"저, 저게 도대체 무엇이냐!"

"당가의 독인 것 같습니다 장군!"

"독? 저게 독이라고?"

아무리 뛰어난 맹독이라고 해도 중독시키는 데는 시간이 걸린다.

저렇게 즉각적으로 병사들이 물처럼 흘러내릴 수가 없는 것이다.

"저런 독은 듣지도 보지도 못했다! 어떻게 저런 것을 독이라 할 수 있느냐!"

적이 쌍장을 펼치자마자 수십여 명의 병사들이 물처럼 흘러내리는데 전술이고 지략이며 머릿속에 아무것도 떠오르지 않았다.

마음으로는 휘하의 맹장들을 향해 당장 달려가 막으라고 소리치고 싶었다.

하지만 가진헌은 그런 자신의 명령이 의미 없는 희생으로 이어질 것이라는 것을 잘 알고 있었다.

"독은 불로 잡는 법! 화룡! 화룡은 어디에 있느냐!"

가진헌이 눈에 불을 켜고 찾고 있는 사람은 달마진경에 의해 불길을 자유롭게 다루게 된 병사 화룡(火龍)이었다.

"저, 저기! 저길 보십시오 장군!"

온몸에 불길을 두른 채 맹렬히 당가의 고수를 맞이하고 있는 화룡!

과연 화룡은 당가의 고수가 뿌려 대는 쌍장에 적중당하고도 녹아 흘러내리지 않았다.

푸르스름한 독기가 그의 불타고 있는 몸을 거침없이 휘어 감았지만 모조리 연기로 기화되어 버렸다.

"좋아! 역시 화룡이다!"

그제야 안색이 펴지며 기치를 불끈 움켜잡는 가진헌.

한데 그때.

갑자기 어두컴컴해지는 전장의 하늘.

이어 마치 벌떼가 우는 듯한 소음이 들려오기 시작한다.

우우우우우웅-

갑자기 전장에 먹구름이 몰려오는 듯하자 가진헌 장군과 제장들이 다시 당황하기 시작했다.

하지만 그것은 먹구름 따위가 아니었다.

"크아아아아악!"

한 병사의 단말마를 시작으로 비로소 전장에 지옥도(地獄圖)가 펼쳐졌다.

쏴아아아아아아-

그것은 다름 아닌 암기의 비(雨).

달마진경을 통해 새롭게 태어난 사천장군부의 제일 병단 섬응단(閃鷹團)이, 그렇게 단 한 차례의 공격으로 전멸에 가까운 타격을 입고 있었다.

"저, 저건 또 뭐냐!"

"소문으로만 듣던 당가의 만천화우(滿天花雨) 같습니다! 장군!"

"그게 말이 되느냐!"

섬응단 병사들의 무력은 웬만한 맹장(猛將) 못지않았다.

제아무리 강호의 절학 만천화우라고 해도 그런 섬응단을 일격에 쳐부수는 건 말이 되지 않았다.

"강호의 무뢰한 족속들이 이토록 강했단 말이더냐!"

가진헌 장군은 섬응단을 얻고 자신만만했던 마음이 일거에 사라질 지경이었다.

사천당가가 이 정도로 강력한 세가였다니!

이건 뭐 적을 도모하기도 전에 사천장군부 전체가 사라질 위기다.

"철군한다! 전군 철군!"

◆ ◈ ◆

　자욱한 먼지를 일으키며 회군하는 사천장군부의 진용을 바라보며 조휘가 슬며시 웃음을 머금었다.

　"어떻습니까 가주님?"

　"……."

　너무나 놀라 망연자실한 표정의 당무호.

　아직도 그는 방금 자신이 본 것이 진정 진짜인지 도저히 실감이 나지 않았다.

　"대체 어떻게 이런……!"

　조휘가 달마진경으로 변모시킨 당가의 무사는 단 세 명.

　그중 한 명은 당가의 오랜 전설인 절대독인, 아니 천독인 (天毒人)이 되어 버렸고, 다른 둘은 암왕의 전설로도 설명할 수 없는 그야말로 암기의 신(神)으로 새롭게 태어나 버렸다.

　그들은 만천화우, 아니 그보다도 더욱 드높은 경지의 암기술을 구현해 냈다.

　전장의 하늘을 가득 메운 그들의 암기술이란 가주 독문의 암천어기비도술(暗天馭氣飛刀術)보다도 오히려 더욱 뛰어난 것.

　도저히 말이 되지 않았다.

　이기어검(以氣馭劍)

　검 한 자루로 어기술(馭氣術)을 구현하는 데도 막대한 내공과 의념이 소모된다.

때문에 당가는 수백 개의 암기들을 통제하는 방법으로 은잠사를 선택했다.

허나 그런 은잠사로 암기들을 통제하는 것도 극한의 난이도를 자랑했다.

내공을 수백 가닥으로 나누고 이를 미세한 은잠사를 통해 일일이 흘려 보내는 수련부터가 암천어기비도술의 입문공.

물론 그런 수백 개의 암기들을 무수한 궤적으로 나눠 운용하는 것은 또 다른 차원의 문제였다.

그렇게 극한의 난이도를 자랑하는 가주비전의 만천화우를, 수하들이 단 한 순간에 능가해 버렸으니 그 놀라움을 어찌 말로 표현할 수 있겠는가.

척!

전장에서 복귀한 당상천과 그의 수하들이 일제히 당무호에게 예를 갖췄다.

"충!"

"충!"

한데 그들의 전신에서 잔향처럼 의념(意念)이 흘러나오고 있었다.

소스라치게 놀란 당무호.

"설마!"

경이로 물든 가주의 눈빛에 당상천이 백색 아지랑이를 천천히 거두며 예의 부복했다.

"속하! 절대(絶大)의 경지에 다다른 것 같습니다!"

"충! 가주님 저 역시……."

조휘가 만족한 얼굴로 희게 웃었다.

과연 무림 강호를 최후의 전장으로 선택한 자신의 판단은 틀리지 않았다.

사천장군부는 삼십 명에 하나둘 정도만 진각성(眞覺性)을 이룩했다.

그러나 당가의 고수 셋은 뉴럴링크 칩으로 감각이 개화되자마자 모두 진각성을 이루고 의념의 고수가 되어 버렸다.

"그럼 저는 이만."

"소, 소검신!"

철검에 올라탄 채 떠날 채비를 하는 조휘를 다급하게 불러 보는 당무호.

"그 달마진경을 좀 더 내어 주시게!"

조휘가 피식 웃는다.

"강호 정복이라도 하실 겁니까?"

"그럴 리가 있겠나! 다만……!"

진한 열기로 타오르는 당무호의 두 눈을 무심히 응시하던 조휘가 흔쾌히 고개를 끄덕였다.

"좋습니다. 당가의 모든 가솔들에게 내어 드리죠."

"오오! 정말인가!"

각성자는 많으면 많을수록 좋다.

어차피 중원의 모든 사람들에게 뉴럴링크 칩을 나눠 주는 것이 원래의 목적이었다.

문제는 그 충격을 최소화해야만 한다는 것.

이어 조휘는 당무호에게 뉴럴링크 칩을 한 아름 안기고서 동쪽으로 떠나갔다.

그렇게 한 달이 지나자 무림 문파들은 모두 각성자 집단으로 변모했다.

조휘에 의해 강력한 병단을 얻게 된 각 성의 장군부들로서는 청천벽력과 같은 소식이 아닐 수 없었다.

천하(天下)가 요동치고 있었다.

조가대상회의 수많은 천상운차가 중원 각지로 떠난 지도 벌써 석 달째.

드디어 그런 천상운차들이 조가대상회로 대거 되돌아오고 있었다.

끼이이익-

외원의 철문이 열리자 하나둘씩 진입하고 있는 천상운차들.

이를 기다리고 있던 제갈운이 가장 선두의 천상운차를 향해 다가갔다.

"그대가 소제갈(小諸葛)인가?"

첫 번째 천상운차에서 내리고 있는 중년 사내는 한눈에 봐도 범상치 않은 인물이었다.

"인사드리겠습니다, 대인. 제갈세가의 운(雲)이라고 하옵니다."

"흐음……."

잔뜩 못마땅한 얼굴로 제갈운의 위아래를 훑고 있던 중년 사내가 다시 입을 열었다.

"제갈세가의 명성과 체면을 봐서 이 먼 곳까지 오긴 했네만 이런 터무니없는 서찰을 보낸 저의가 도대체 무엇인가?"

중년 사내가 소매에서 꺼낸 것은 제갈세가의 봉황인이 선명하게 새겨져 있는 밀지(密紙).

"보신 그대로이옵니다."

중년 사내가 잔뜩 미간을 찌푸리더니 어이가 없다는 투로 말했다.

"그대로다? 허면 곧 이 중원이 신적인 존재들의 거대한 전장으로 변해 멸망할지도 모른다는 내용이 모두 사실에 근거한단 말인가?"

"그렇습니다."

"흥! 신기제갈이라고 해서 겨우 체면을 봐주었거늘 이제 보니 한낱 요설로 세상을 어지럽히는 설꾼(舌子)이나 몽자(夢者)에 불과한 자들이로다! 그렇게 세상을 어지럽혀 대체 무슨 이득을 취하려는 겐가! 무지몽매한 백성들을 현혹하는 것이 제갈가의 소양인가!"

가문이 심한 모욕을 당했음에도 제갈운은 화를 내거나 동요하지 않았다.

오히려 그는 편안한 얼굴로 웃으며 중년 사내를 향해 읍을 하고 있었다.

"그 성품이 곧은 대나무와 같아 결코 쉬이 부러지지 않는다더니 과연 현위공이십니다."

"이 공유기가 아첨에 혹할 위인으로 보이는가? 홍! 상대를 잘못 골랐네!"

현위공(顯位公) 공유기(孔柳期).

그는 당대 최고의 지식인으로 쟁쟁한 한림원 내에서도 공맹의 환생이라 불리는 유학자였다.

그가 새롭게 정립한 왕도론(王道論)은 유학계 내에서도 엄청난 파장을 일으켰으며 황궁에서조차 그를 예의 주시하고 있었다.

오래전부터 무수한 고관대작들이 그를 초빙하기 위해 열과 성을 다했지만, 그는 언제나 대쪽 같은 성품으로 거절하며 초야의 촌부를 자청했다.

조휘와 제갈운은 이런 인물이야말로 반드시 지켜 내야 할 중원의 자산이라는 것을 함께 인식하고 있었다.

혹시라도 절멸의 때를 막지 못한다면 이런 위대한 유학자들이 새롭게 펼쳐질 세상을 이롭게 만들 것이었다.

"흥! 이만 가겠네!"

공유기가 홱 하고 돌아서자 제갈운의 다소 냉랭해진 음성이 그의 귓전에 스며들었다.

"요설이 아니라면 어쩌실 작정입니까?"

"흥! 귀를 씻어야겠군!"

"진실로 초목 한 뿌리까지 이 중원 세상의 모든 생육이 절멸한다면 현위공의 왕도론이 무슨 의미를 지닐 수 있겠습니까?"

다시 돌아선 공유기가 매서운 눈초리로 제갈운을 노려본다.

"신들은 늘 사람에게 이로웠다! 사람에게 그물의 사용법을 내리시어 수렵과 어획을 가능케 해 준 복희(伏羲)가 그러했고 씨를 뿌려 수확하는 법과 불을 알려 준 신농(神農) 염제(炎帝)가 그러했다! 대저 우주만물의 운행을 주관하는 신적인 존재들이 왜 사람의 세상을 멸하려 든단 말인가!"

제갈운이 탄식했다.

"차라리 그랬으면 다행이겠지만 애석하게도 신들의 인격은 오롯하지 않습니다. 그들에게도 사람처럼 욕망이 있으며 목적을 성취하기 위해서는 수단을 가리지 않습니다."

공유기가 제갈운을 미친놈 보듯 쳐다보고 있었다.

제 놈이 무슨 수로 신들의 마음을 들여다보기라도 한 듯이 그들의 인격까지 헤아릴 수 있단 말인가?

공유기는 그런 제갈운이 가소롭기 그지없었다.

"이제 보니 요설 수준이 아니라 공상(空想)을 일삼는 자였군. 그 정도에 그칠 것이 아니라 아예 천상의 신들과 거나하게 술판이라도 어울려 봤다고 떠들고 다니게나."

"당연히 어울려 봤지요."

사실이다.

신 중의 신이며 좌 중의 좌라 불리는 '존재(存在)를 부정하는 자'는 진짜로 자신의 친구니까.

"미친놈!"

더 볼 것도 없다는 듯 미련 없이 발길을 돌리는 공유기.

제갈운이 하는 수 없이 한숨을 쉬며 말을 이어 갔다.

"존재를 부정하는 자라는 신명(神名)이 있습니다."

그렇게 조휘의 생애가 제갈운의 입을 빌어 천천히 흘러나온다.

도무지 한 사람이 겪은 생애라고는 믿을 수 없을 정도로 장구한 시간.

들으면 들을수록 공유기의 안색은 시시각각 변하고 있었다.

아무리 제갈운이 소제갈이라 불리는 천재라지만 모든 이야기들이 너무나도 사실적이고 자세한 묘사였으며 앞뒤가 맞아떨어졌다.

즉각적인 거짓말을 저리도 자세히 꾸며 낼 수 있는 자가 존재할 수 있을까?

하지만 그럼에도 제갈운의 입에서 흘러나온 이야기들은 너무나도 기상천외한 이야기였기에 쉽사리 믿을 수 없었다.

"사람의 몸으로 태어나 신의 반열에 오르고 윤회를 기억하는 존재가 되었다라. 게다가 그 시대까지 자유롭게 조종하여 환생할 수 있는 능력이라니. 하물며 그런 엄청난 신이 인간 세상의 절멸을 막기 위해 지금까지 존재해 왔다고? 지금 나더러 그 말을 믿으라는 건가?"

"사실입니다."

"증좌는? 대체 증좌는 무엇인가?"

"보여 드리겠습니다."

제갈운이 태연한 얼굴로 천상운차의 마부석에 올라탄 후 공유기를 물끄러미 응시했다.

"함께 가시지요."

"……."

제갈운이 천상운차를 몰아 도착한 곳은 포양호 변의 육주객잔(肉酒客棧)이었다.

육주객잔은 다름 아닌 장삼봉이 만든 지하 공동의 입구.

점주 서대상, 즉 홍살 노야는 이미 객잔을 정리하고 조휘의 휘하로 들어왔기 때문에 육주객잔은 폐허처럼 변한 상태였다.

그런 을씨년스러운 육주객잔의 광경에 공유기는 괜히 몸이 으스스해졌다.

"여기는 또 어디인가?"

"곧 모든 사실을 알게 되실 겁니다."

알 듯 모를 듯한 미묘한 웃음만 머금고 있는 제갈운을 찌푸린 눈으로 바라보고 있는 공유기.

하지만 그는 결국 따라나설 수밖에 없었다.

제갈세가의 천재가 저리도 자신한다면 분명 타당한 근거
가 있을 터.

콰앙-

제갈운과 공유기가 객잔으로 진입하자마자 은밀한 신형
하나가 장내에 나타났다.

"여긴 무슨 일이오."

그는 바로 조휘의 명령에 의해 지하 공동을 지키고 있었던
암흑귀랑.

조휘에게 일검천살(一劍天殺)의 살예를 완벽히 전수받고
뉴럴링크 칩까지 이식을 마친 그는 이제 가히 살신(殺神)이
라 불려도 모자람이 없는 경지에 다다라 있었다.

"그는 절멸 이후의 세상을 짊어져야 할 인물입니다."

"⋯⋯알겠소."

암흑귀랑이 곧 기관을 작동시키자 객잔의 바닥이 통째로
찢어지며 육중한 묵철판이 솟구쳤다.

철컥! 절컥!

조립되기 시작한 묵철판들은 이내 객잔 전체를 덮어 버렸
고 완성된 모습은 그야말로 철의 요새!

공유기가 경악의 얼굴로 굳어져 버렸다.

기관지술에 문외한인 자신이 보기에도 천하의 진귀한 광

경이라는 것이 한눈에 느껴질 정도.

이어 암흑귀랑이 길을 내어 주었고 공유기는 제갈운의 인도에 따라 지하 계단으로 내려가기 시작했다.

담담한 제갈운의 표정과는 달리 공유기의 얼굴은 극도의 놀람으로 물들어 가고 있었다.

"세상에……!"

인간의 기술로 어찌 이런 거대한 지하 세계를 건설할 수 있단 말인가?

시커먼 지하 세계를 향해 끝도 없이 굽이쳐 내려가는 계단이란 단지 바라보는 것만으로도 온몸에 털이란 털은 모두 곤두설 지경이었다.

그런 아득한 심정을 겨우 다스리며 내려가길 장장 한나절.

마침내 드러난 지하 세계의 바닥은 그야말로 상상할 수 없는 규모의 지하 공동(空洞)이었다.

"허……!"

짙은 찬탄과 경이가 담긴 공유기의 신음성.

횃불로 인해 드러난 거대한 지하 공동은 마치 또 다른 하나의 세상처럼 보일 지경이었다.

"도대체 여긴 어딘가?"

"저길 보시지요."

제갈운의 시선이 가리키고 있는 곳에는 건량과 물 항아리가 산더미처럼 쌓여 있었다.

무림에 12
출사표

"그가 이번에도 절멸의 때를 막지 못한다면 또다시 소수의 사람들로 하여금 사람의 문명을 이어 가게 해야만 하죠. 때문에 이곳은 피난(避難)하는 곳. 새로운 세상을 개척해야만 하는 남겨진 사람들을 위한 곳입니다."

"뭐, 뭣이!"

한낱 거짓을 꾸며 내기 위해 이토록 대규모의 지하 세계까지 건설해 놨다고?

그건 있을 수 없는 일.

도무지 인과(因果)가 맞지 않는다.

촌부에 불과한 자신을 속여 봐야 무슨 이득이 된다고 이런 엄청난 규모의 거짓말을 늘어놓는단 말인가.

그럼 설마 지금까지 이 제갈세가의 청년이 말해 온 것들이 모두 사실이란 말인가?

"조, 좀 더 자세히 말해 보게!"

제갈운은 묵묵히 걸어가 공동의 벽면으로 다가갔다.

"저도 처음에 이 모든 사실을 들었을 땐 솔직히 믿지 않았습니다. 대인 역시 학문을 수신(修身)으로 삼는 유자(儒子)라면 아실 테지요. 진리는 의심으로부터 출발한다는 것을."

그가 벽면에 새겨진 무수한 글귀들을 쓰다듬으며 이내 탄식했다.

"하지만 보십시오. 이 무수한 증거들을."

공동의 벽면에 시선을 고정한 채 정신없이 글귀를 읽어 내려가기 시작하는 공유기.

"이, 이럴 수가!"

놀랍게도 이 수많은 글귀를 남긴 사람은 다름 아닌 도가의 전설적인 시조 장삼봉이었다.

그런 그가 남긴 글들은 무슨 거창한 도가의 사상이나 수양의 기록 따위가 전부는 아니었다.

절멸(絶滅).

위대한 도교의 시조가 예언하고 있는 중원의 참혹한 멸망.

"세상에……."

지금까지 중원 대륙의 역사가 얼마나 왜곡과 변질로 얼룩져 있는지 모두 생생하게 기록되어 있었다.

드러난 중원의 숨은 비사는 당대 최고의 유학자 현위공(顯位公)이 감당하기에도 쉽지가 않았다.

"미, 믿을 수가 없네!"

"저도 그랬습니다."

장삼봉의 예언 속에는 세상의 멸망에 관한 이야기들이 상세히 적혀 있었다.

좌들의 전쟁.

인간의 영육(靈肉)을 섭식하기 위해 강림한 신들의 쟁탈대전.

그 참혹하고 거대한 대전은 단 이틀에 불과했다.

그러나 그 처참하고도 절대적인 파괴의 현장은 인간의 빈약한 상상력으로는 결코 가늠할 수 없었다.

쉼 없이 우는 하늘.

해일처럼 뒤집히는 땅거죽.

통째로 드러난 지각.

온 대지에 드리운 시뻘건 용암.

절규하며 살려 달라는 수만 명의 영육이 통째로 씹어 삼켜지는 그 생생한 묘사에 공유기는 망연자실한 얼굴로 털썩 주저앉고 말았다.

그때 갑자기 제갈운이 공손한 예로 무릎을 꿇었다.

"무, 무슨 짓인가?"

"그와 오랜 논의 끝에 현위공을 선택하였습니다. 부디 공(公)의 왕도론(王道論)을 새로운 중원을 개척하는 데 써 주십시오."

"이 몸은 천하를 다스리는 왕이나 재상이 될 그릇이 아니네!"

"천하라니요."

공유기를 바라보는 제갈운의 눈빛이 금방 슬픔으로 얼룩졌다.

"공이 책임지고 경영할 세상에는 고작 육백사십팔만의 사람이 전부입니다."

"육백사십팔만……."

물론 적다고는 할 수 없는 숫자였으나 중원과 새외, 서역을 모두 포함한 천하인의 수가 억(億)이 넘는다는 것을 생각한다면 허망하리만치 작아진 규모의 '천하'였다.

"남은 사람들을 이끌어 주시겠습니까."

"왜 하필 내게 이런……."

"공의 왕도론을 직접 보았기 때문입니다."

"……."

"그리고……."

이어진 제갈운의 음성은 현위공 공유기를 깜짝 놀라게 만들기에 충분했다.

"'존재를 부정하는 자'와 문예지론의 우승자는 동일 인물입니다."

"뭐, 뭐라고!"

소룡대연회에 홀연히 나타나 중원의 유학계를 발칵 뒤집어 놓은 그 신비의 학사가 다름 아닌 신적인 존재였다고?

"대인의 왕도론이 그놈의 영향을 받았다는 것을 잘 알고 있습니다."

그랬다.

그동안의 유학계가 처절한 논쟁과 격론으로 치닫게 된 것은 모두 문예지론에 참가했던 신비의 젊은 학사 때문이었다.

유학 역사상 가장 거대한 담론을 일으킨 존재가 다름 아닌 인간을 지켜 온 신이었다니!

한데 그때 불현듯 뭔가 떠오른 듯 공유기가 놀란 표정을 지었다.

"당시 그자의 신분은 남궁세가의 빈객이라고 들었네! 그래! 그는 조휘라는 자였어! 조가대상회의 소검신! 그가 신비의 학사이지 않은가? 허면?"

제갈운이 피식 웃었다.

"역시 알고 계셨군요. 예, 그놈이 제 친우이자 사람을 지켜온 수호신입니다."

89 章.

    손바닥 안의 핏빛 아지랑이를 가지고 놀던 진가희가 문득 백화린을 바라본다.

    "언니, 이거 너무 예쁘지 않아요?"

    무심결에 진가희가 있는 곳으로 돌아보다 기겁하는 백화린.

    "아 씨발 깜짝이야! 너 그 피 가지고 노는 거 좀 그만하면 안 되겠니?"

    "호호, 왜요 재밌기만 한걸."

    "입장을 바꿔서 생각해 봐, 이년아! 왜 너만 생각해? 이 으스스한 야밤에 너처럼 창백한 년이 핏물을 가지고 노는 건 공포라고!"

건포를 질겅거리며 다가온 염상록이 답이 없다는 듯 혀를
끌끌 찼다.

"저 싸늘한 년이 말귀를 알아들어 처먹었으면 애초에 미친
년이 아니겠죠, 누님."

백화린이 귀찮다는 듯 시선을 외면한다.

"가던 길 가라. 누나 피곤하니까."

"흐흐, 그러지 말고 누님. 이제 곧 세상이 멸망한다는
데…… 이렇게 된 마당에…… 흐흐."

염상록의 음흉한 시선이 자신을 훑고 지나가자 백화린이
코웃음을 쳤다.

"미친놈. 내가 아무리 식성이 좋아도 넌 아니야 이 새끼야."

"왜죠? 솔직히 누님은 웬만해선 그냥 눈 감고 다 따먹지 않
습니까?"

"넌 그냥…… 아니다."

염상록이 기분이 한껏 나빠진 듯 눈을 부라렸다.

"누님, 이건 존심 문제라니까?"

고개를 내저으며 한숨을 쉬던 백화린이 진가희를 다시 바
라봤다.

"야. 넌 이 새끼가 남자로 보이냐?"

"아뇨. 그냥 병신이죠."

"들었지?"

"싯팔."

건포를 질겅거리며 그대로 수풀을 이불 삼아 대자로 누워 버리는 염상록.

"거 별빛 한번 보기 좋구만."

진가희가 함께 야공을 바라보며 배시시 웃었다.

"죄다 핏빛으로 물들일 수 있었으면 좋겠어."

"으…… 씻팔 소름 돋는 년. 넌 어떻게 별을 보고 그딴 상상을 할 수 있냐?"

백화린도 함께 고개를 들어 밤하늘을 바라본다.

"이제 막 인생이 재밌어지려고 하는데 이게 무슨 날벼락이야. 뭔 성좌니 멸망이니 아오 씨발 머리 아파."

"그러게 말입니다. 이번 생은 은자 한번 원 없이 써 보고 가나 싶더니. 에혀 내 팔자가 그렇지 뭐. 전생도 거지같더라니. 역시 박복한 운명은 바꿀 수가 없나 보네 씻팔."

"나도 그땐 일편단심 한 남자만 바라봤다. 그런데 그거 다 부질없더라고. 그래서 이번 생은 이 남자 저 남자 다 맛보기로 한 거야."

염상록이 피식 웃었다.

"땡중 머리 감는 소리 하고 앉아 있네. 누님이?"

"야! 나도 전생에는 막 동네 강아지들끼리 올라타고 그 짓 하는 거 보면 얼굴이 발그레해지고 그랬거든?"

"푸핫! 누님이?"

진가희가 묘한 표정으로 둘을 바라본다.

"갑자기 뭔 소리들이세요? 전생? 언니?"

너무나 위화감 없는 자연스러운 대화였기에 뭐가 문제인지 잠시 헷갈려하던 백화린이 갑자기 벌떡 일어났다.

"뭐, 뭐야 이게!"

염상록도 벌떡 일어나며 멍한 얼굴로 굳어졌다.

등줄기로부터 올라온 소름이 온몸으로 퍼져 가고 있었다.

"허?"

전생뿐만이 아니다.

갑자기 머릿속에 여덟 번에 달하는 모든 생(生)의 기억들이 꽉 들어차 있었던 것이었다.

"아아!"

진가희도 마치 귀신에 홀린 표정으로 털썩 주저앉는다.

큰 충격을 받은 듯한 모습.

염상록은 그녀 역시 이전 생의 모든 기억이 회복되었음을 곧바로 깨달을 수 있었다.

"……얘들아. 이거 뭐냐?"

자신의 몸을 살피며 혼란스러워하고 있는 백화린.

기(氣)가 진해졌다든지 신(身)이 강건해졌다든지 하는 일반적인 변화가 아니었다.

말로 표현할 수 없는 자신의 뭔가가 한층 뚜렷해졌다.

분명 그것은 무공(武功)과 같은 육체적인 능력이 아니었다.

한데.

12

"헉!"

"흡!"

진가희 역시 알 수 없는 변화를 겪고 무언가가 뚜렷해졌는데, 그 거대한 느낌이란 백화린과 염상록의 상상을 벗어나 있었다.

그저 바라보는 것만으로도 절로 온몸이 덜덜 떨릴 정도의 압도적인 기운.

"야 너……."

진가희와 시선이 얽힌 염상록이 말을 하다 말고 기겁하며 뒤로 물러난다.

두려운 빛을 가득 머금은 염상록의 두 눈이 진가희를 향했다.

"혹시 너 윤회를 몇 번이나……."

한없이 투명한 동공.

"오백육십……."

"헐?"

오백육십이라니?

염상록은 도저히 믿기가 힘들었다.

고작 여덟 번의 생의 기억이 되돌아온 것만으로도 이렇게 머리가 터질 듯이 혼란스러울 지경인데 자그마치 오백육십 번의 환생이라니?

"아 존재력!"

그제야 염상록은 조휘에게 들었던 존재력이란 개념이 생

각났다.

여덟 번의 생의 기억으로도 이처럼 놀라운 존재력의 변화가 생겨났다.

하물며 오백육십 번에 달하는 생을 경험한 진가희의 존재력이란 이루 말할 수 없이 거대한 것이었다.

"가희야…… 아니 가희 언니……."

진가희가 마치 어머니처럼 자애롭게 웃으며 백화린의 머리를 쓰다듬는다.

"그래. 화린 동생."

백화린은 본능적으로 느끼고 있었다.

이제 자신은 진가희의 손짓 한 방에도 소멸될 수 있다는 것을.

자신을 찾아온 진가희 일행을 향해 제갈운이 묵묵히 고개를 끄덕여 주었다.

"기망의 율이 사라진 거다."

"기망의 율?"

그러고 보니 다들 조휘에게 들은 적이 있었다.

인간은 윤회(輪回)의 권리를 지니고 있었지만 그런 환생의 도정에서 반드시 겪게 되는 것이 바로 '기망(記忘)의 율(律)'.

환생을 반복하면서 기억이 소멸되는 그 과정이란 인간의

힘으론 어찌할 도리가 없는 우주적인 법칙이었다.

"아니 그건 삼라만상의 법칙이라며? 그런 건 깨질 수 없는 거 아니야?"

백화린의 반문에 제갈운이 슬며시 웃으며 그녀의 이마를 가리켰다.

"당연히 원인은 달마진경이지."

백화린이 자신의 이마에 스며들어 있는 뉴럴링크 칩을 매만진다.

"이것 때문이라고?"

"달마진경의 위력이란 단순히 인간의 초감각을 개화시켜 각성자로 만드는 것만이 다가 아니야. 그 정도의 위력만 발휘할 거라면 굳이 그런 긴 시간의 연구가 필요하진 않았을 테지."

염상록이 입을 열었다.

"그럼 이 모든 게 조휘 놈의 안배란 말이냐?"

한데 제갈운의 얼굴이 의문으로 물들고 있었다.

"그래. 그런데 달마진경을 몸에 새겼다고 십 할의 확률로 다 되는 건 아니라고 하던데."

"그럼 우리가 운이 좋은 셈이군. 셋 다 기망의 율이 사라졌으니."

갑자기 주위를 환기시키는 제갈운.

"그걸 완성하기 위해 놈은 상상도 할 수 없는 오랜 시간 동안 실험을 거듭했어. 적어도 우리만큼은 놈의 악업(惡業)을 욕해선 안 돼. 지금도 그 녀석은 충분히 만신창이가 된 영혼이니까."

"……"

"어쨌든…… 필멸자라는 약점이 사라진 사람들이여! 어때? 조휘의 말로는 백 회차 이상 생을 반복해 온 인간의 존재력은 성좌들과도 자웅을 겨룰 수 있다던데!"

염상록이 쓰게 웃었다.

"아쉽게도 난 그 정도는 아니야. 고작 여덟 번이 다라고."

"뭐 어쩔 수 없는 노릇이지. 당신은?"

백화린도 고개를 가로저었다.

"나도 다섯 번이 다야."

제갈운이 아쉽다는 듯 입맛을 다셨다.

"당신들의 영혼은 소아(小兒) 수준이군. 그 정도 존재력으론 성좌들을 상대하기가 불가능해. 성좌대전이 벌어지면 각별하게 주의해. 영혼을 뜯어 먹히면 다시는 환생할 수 없어. 진짜 끝장이라고."

"아, 알았다."

"칫."

제갈운이 진가희 쪽을 바라본다.

"너도 조심하라고. 육체가 망가져 죽는 건 상관없어. 하지만 섭식은 절대 당하면 안 돼. 알겠어?"

"다 기억이 나요."

"무슨 기억?"

염상록이 의미심장하게 웃고 있었다.

"그녀는 사람이 청동(靑銅)을 다루기 이전부터 생을 반복해 왔다."

소스라치게 놀라는 제갈운.

"뭐, 뭐라고?"

청동을 다루기 이전의 시대라면 단순히 상고(上古)라는 말로도 표현될 수 없는, 그야말로 멀고도 아득한 과거가 아닌가?

"대체 몇 번의 환생이길래?"

"오백육십 번."

"뭣!"

백 회 정도만 생을 반복해도 그 존재력이 우주적 존재들인 성좌들과 맞먹는다고 하는데 자그마치 오백육십 번이라니?

그 정도로 엄청난 횟수의 생을 반복해 온 사람은 조휘에게서조차 들어 보지 못했다.

분명 진가희는 조휘조차 한 번도 경험해 보지 못한 사람임에 틀림없을 것이다.

고대, 아니 신화시대를 겪어 온 사람을 직접 마주하고 있다는 사실에 제갈운은 일종의 경외심마저 생길 정도.

그녀가 살아온 경험을 밤을 새워서라도 모두 듣고 싶었지만 제갈운은 그럴 수 없었다.

그녀의 얼굴이 온갖 슬픈 빛으로 가득 물들어 있었기 때문이다.

"틈새를 반드시 찾아야만 해요. 지금 당장 야접을 지원해야만 합니다."

"뭐?"

"그자의 수확을 막지 못한다면 모든 게 끝장이에요."

제갈운이 멍하게 입만 뻐끔거리고 있었다.

성좌들의 동태를 파악하기 위해 떠난 조휘, '수확하는 틈새'를 찾는 임무는 야접, 조가대상회에 남아 최후를 대비하는 것은 바로 자신이 맡은 임무였다.

이처럼 조휘와 함께 세운 계획에 따라 철저히 임무를 분담하고 있는 것을 조휘의 동료들 모두가 알고 있었다.

순간 제갈운이 뭔가 깨달은 듯 깜짝 놀란 얼굴을 했다.

"설마……?"

천천히 고개를 끄덕이는 진가희.

"네. 저는 이미 한 번 절멸을 겪은 사람."

일순 진가희의 뇌리 속에 파편처럼 과거가 떠오른다.

서부 은하군의 강력한 성좌 '수수께끼의 구름'이 쏟아 낸 무한한 액체, 물.

그때까지만 해도 사람들은 한 번도 하늘에서 물이 떨어지는 광경을 보지 못했기에 그저 신기하여 멍하니 하늘만 올려다보고 있었다.

사람들이 어떻게 알았겠는가. 그 신비한 광경이 백오십 일이 넘도록 이어질 줄을.

천지간이 물에 잠기자 사람들은 땅의 가장 높은 곳으로 모두 모여들었다.

지옥의 아수라장.

점점 좁아지는 땅 위에서 서로 물에 빠지지 않기 위해 아비가 아들을 밀었고 딸이 어미를 밟고 올라섰다.

그렇게 사람들의 흐느낌과 절규, 공포의 비명 소리가 그득할 때쯤.

비 그친 하늘에서 찬란한 빛과 함께 무수한 성좌들이 나타났다.

모두가 이제 살았다며 신의 강림(降臨)에 환호했으나 그것은 완벽한 착각이었다.

세상에서 가장 높았던 그 땅은 인류의 마지막 제단(祭壇)이었다.

축제.

영혼과 함께 산 채로 사람들을 뜯어 먹으며 성좌들은 최후의 만찬을 바삐 즐겼다.

고작 사흘.

수천만에 달하던 인간이 산 채로 뜯어 먹히며 절멸하는 데 걸린 시간은 고작 사흘이었다.

"세상에……."

"허……."

진가희의 끔찍한 묘사에 그대로 얼어붙어 버린 조휘의 동료들.

"하지만 다행히 배가 있었어요. 당연히 그분께서 만드신 거였어요. 그 배가 아니었다면…… 이미 사람의 역사는 끝났겠죠."

모두가 아연실색하여 아무런 말도 잇지 못하고 있을 때 진가희가 한숨을 쉬며 바닥을 향해 지풍을 날렸다.

舟.

그녀가 지풍으로 그린 글자는 배를 뜻하는 주(舟) 자였다.

또다시 지풍을 날지는 진가희.

파팟-

배 주(舟)가 지워진 자리에는 새로운 글자가 새겨져 있었다.

"살아남은 사람들은 배를 뜻하는 글자를 새롭게 바꿨어요. 배(舟)로 새 생명을 얻은 여덟(八) 인간이 나오다(口)."

船.

제갈운이 배 선(船) 자를 바라보며 주먹을 으스러지게 말아 쥐었다.

"살아남은 사람이 고작 여덟 명이 전부였다고요?"

"네. 당대 천하의 모든 사람들은 당시 여덟 사람들의 후손이에요."

◆ ◇ ◆

영혼과 육신이 처참하게 찢어지며 좌(座)들의 한낱 간식으
로 전락했던 옛 사람들.

진가희의 입을 빌어 표현된 그 생생한 묘사란 섬뜩함을 넘
어 차라리 광기에 가까울 지경이었다.

한참이나 분노로 몸을 떨던 제갈운이 진가희를 재차 바라
봤다.

"그럼 그 당시의 배를 만든 사람이 지금 조휘인 겁니까?"

"언제나 사람들을 보며 눈물을 흘리던 아이. 우리 모두는
그 아이를 누아(淚兒)라 불렀죠."

"아이?"

"네. 그는 언제나 아이의 몸이었어요."

진가희는 머나먼 옛 생각이 아련했던지 붉어진 눈시울을
닦으며 다시 말했다.

"아이였지만 그는 거대한 존재였어요. 그는 남은 여덟 사
람을 지키기 위해 스스로를 희생했죠."

"어떤 희생을?"

제갈운의 물음에 진가희는 대답하지 않았다.

제갈운은 힘들어하는 그녀의 표정에서 그에 관한 대답을

더 이상 들을 수 없다는 것을 깨달았다.

도저히 말할 수 없는, 어쩌면 입에 담기조차 싫은 기억일
것이리라.

"수확하는 틈새는 그가 상상했던 것보다 더욱 위험한 존
재. 그자가 모든 인과(因果)의 열쇠예요. 다른 모든 일을 제
쳐 두고서라도 그를 찾는 데 전력을 다해야 해요."

제갈운이 미간을 찌푸린다.

"하지만 절멸을 막지 못한다면 지하 공동이 유일한 희망인
상황에서 우린 만약을 대비해야만 합니다. 모두 그 녀석과 합
의된 계획이고요."

진가희의 두 눈이 강렬히 빛났다.

"모든 일의 매듭을 지어야 해요. 이대로는 그의 환생만 또
다시 반복될 뿐이죠. 그가 계속 고통을 겪길 바라나요?"

진가희의 냉랭한 음성에 제갈운은 침묵할 수밖에 없었다.

자신의 머릿속은 늘 절멸을 대비하기 위한 생각으로만 가
득했지 한 번도 조휘의 심정을 따로 헤아리진 못했다.

"그가 얼마나 환생을 거듭했을 거라고 생각하나요?"

"……."

진가희가 문득 슬픈 눈으로 야공을 올려다본다.

"그는 생을 반복할 때마다 항상 자신의 전생을 적(敵)으로
삼아 각성하는 식이죠. 붕괴되어 가는 자신의 자아를 스스로
를 향한 증오로 버티고 있는 거예요."

그 점은 제갈운도 잘 알고 있었다.

조휘는 이번 생에서도 '신좌'를 증오하며 마음을 벼려 왔다.

하지만 사실 그에게는 신좌를 적으로 삼을 만한 아무런 인과관계가 없었다. 마땅히 신좌에게 증오심을 품을 이유가 없는 것이다.

하지만 그는 왜 그토록 신좌를 증오하며 추적하게 되었을까?

의천혈옥 속의 존자(尊者)들이 조휘에게 꾸준히 악의적인 정보를 주입시켜 그의 심중을 신좌를 향한 증오로 물들게 했기 때문이었다.

기실 그 모든 것들은 전생의 인연들이 남긴 안배였으며 모두 조휘의 의도대로 만들어지고 연출된 하나의 거대한 연극이었다.

"그가 언제까지 버틸 수 있을 거 같아요? 그 오래전 누아 때도 그는 아이의 순수한 자아로 버티고 있었어요."

"음……."

"자신의 선택 때문에 인간종이 멸종을 반복하는 운명을 지니게 되었다는 원죄. 그가 아무리 신적인 존재라 해도 그런 원죄를 계속 감당하기란 무리예요. 만약 그의 자아가 붕괴되면……."

이어진 진가희의 음성.

"인간종의 멸종 따위와는 비교도 할 수 없는 거대한 우주적 재앙이 닥칠지도 몰라요."

순간 제갈운의 머릿속에 조휘의 신명(神名)이 떠올랐다.

존재를 부정하는 자.

그가 신념과 자아를 잃고 순수한 존재력만 남아 우주의 폭군이 된다면 과연 어떻게 될까.

그야말로 모든 존재(存在)가 부정될 것이다.

그렇게 그가 영원토록 모든 차원과 세상을 부정(否定)하며 살아간다면……

파괴의 신.

절대악의 등장이었다.

갑자기 떠오른 가공할 상상에 제갈운은 전율하며 무거운 음성을 토해 냈다.

"사람 따위가 문제가 아니었군."

"그래요. 지금 당장 그를 도와야 해요."

침중한 얼굴로 고민을 거듭하던 제갈운이 결정한 듯 봉황금선을 접었다.

"일단 가장 중요한 인물인 현위공께서 결심을 하셨으니 중원의 주요 인물들을 모으는 것은 이 총관님을 통해 그대로 진행하겠습니다. 나머지는 모두 출발하시죠."

염상록이 조심스럽게 진가희를 향해 물었다.

"그런데 어떻게 그 녀석을 찾지?"

순간.

츠츠츠츠츠츠-

진가희의 몸에서 발출된 핏빛 아지랑이가 무수한 상고 시대의 문자들로 변해 어지럽게 허공을 수놓았다.

"가, 가희야!"

진가희가 떨쳐 내기 시작한 존재력은 그야말로 상상을 불허하는 것이었다.

한데 그녀의 육신이 전혀 다른 형태로 변하고 있었다.

"헉……!"

불그스름한 연기가 걷히자 드러난 그녀의 하체는 놀랍게도 뱀(蛇)의 그것.

"가요."

머나먼 서쪽 하늘을 바라보던 그녀의 동공이 기이한 빛을 발하자.

허공에 떠올라 있던 핏빛 문자들이 조가대상회의 사방으로 흩어지며 동시에 주요 인물들의 몸을 휘감았다.

◆ ◈ ◆

"음……."

북편 하늘을 뚫어지게 응시하고 있던 조휘는 문득 묘한 감각을 느끼고 있었다.

그것은 말로 표현할 수 없는 묘한 기시감(既視感)이기도 했고, 참을 수 없이 끈적거리는 위화감(違和感)이기도 했다.

그 순간.

쩌저저저저적-

천둥소리와 같은 거대한 공명음과 함께 북편 하늘이 통째로 찢어진다.

찢어진 균열 너머로 익숙한 공허의 세계가 눈에 들어온다.

조휘는 그것이 성좌들의 차원이라는 것을 단숨에 알아봤다.

"후……."

이미 수도 없이 경험했던 차원 균열.

그렇게 우주적 법칙이 깨어졌고.

참을 수 없는 배덕감을 느낀 창조자들이 일제히 통곡을 울부짖으며 이 저주받은 땅을 직시했다.

느껴지는 무수한 눈(目).

절대적인 존재들의 시선을 느낀 조휘는 그들을 담담히 마주 바라보고 있었다.

그들로서는 처음 느껴 보는 배덕감이겠으나 자신에게는 너무나도 익숙한 성좌대전(星座大戰)의 시작.

좋지 않았다.

좀 더 시간이 있었더라면 더 많은 중원인들을 각성시킬 수 있었을 텐데.

이어 조휘가 천천히 창공으로 날아가 균열의 근처에 당도했다.

물론 성좌들은 섣불리 침입을 시도하지 않는다.

자신에게 발견되는 그 즉시 존재(存在)가 부정당하기에.

자신이 균열의 근처에서 맴도는 이상 결코 그들은 이 땅에 강림하지 못할 것이다.

문제는 수확하는 틈새, 그놈이었다.

이렇게 자신이 균열을 지키는 사이에 그놈은 결국 수백만에 달하는 사람들의 영혼을 먹어 치울 것이다.

그것이 지금까지 수없이 반복된 그놈의 치밀한 계략.

결국 자신이 참지 못하고 수확하는 틈새를 찾아 나선다면?

탐욕으로 가득한 성좌들이 그 빈틈을 놓칠 리가 없다.

균열에서 자신이 자리를 비운다면 그 틈을 타고 무량대수의 성좌들이 이 땅에 쏟아져 강림할 터.

조휘는 과거의 무수한 성좌대전 속에서 이 딜레마를 단 한 번도 극복하지 못했다.

하지만 이번 생은 조금 다르다.

완벽한 완성도를 자랑하는 뉴럴링크 칩을 처음으로 활용한 생(生).

미완성의 뉴럴링크 칩을 쓸 수밖에 없었던 과거의 성좌대전과는 분명 다른 양상을 보일 것이다.

만약 예측대로라면……

그때.

"누아(淚兒)."

지극히 떨고 있는 여인의 음성이 뒤편에서 들려온다.

너무나도 오래전의 이름.

뜻 모를 감정이 치밀어 뚝 하고 떨어지는 한 방울의 눈물.

조휘가 천천히 뒤를 돌아본다.

분명 그 얼굴은 자신이 아는 진가희의 그것이었으나 뿜어져 오는 존재력은 전혀 다른 이의 것이었다.

"⋯⋯여와(女媧)?"

조휘로서도 한없이 아득하고 그리운 이름.

요인(妖人)의 시조, 여와는 무수히 생을 반복해 온 조휘로서도 가장 사랑했던 사람들 중 하나였다.

"맞구나! 여와!"

그녀의 몸을 감싸고 있던 불그스레한 안개가 걷히자 매끈한 뱀의 하체가 드러나 있었다.

천요력(天夭力)을 발휘할 때면 나타나는 여와 특유의 신체, 오래전의 자신이 기억하고 있는 그 모습 그대로였다.

"바로 곁에 두고도 몰랐다니⋯⋯."

눈물을 글썽이고 있는 조휘.

진가희가 그 옛날의 여와일 거라고 누가 상상할 수 있었겠는가.

진가희, 아니 여와는 이내 냉랭한 표정이 되어 거대한 균열을 응시하고 있었다.

"시작되었군요."

저 균열에서 찬란한 빛이 쏟아져 나오는 순간 성좌들의 강림이 시작된다.

그 옛날, 세상의 가장 높은 곳에서 바라봤던 차원 균열과 한 치도 틀림없는 그 모습 그대로였다.

"미안해. 여와."

"뭐가요?"

여와의 시선을 좇아 다시 균열을 응시하는 조휘.

"그때와 하나도 달라진 게 없잖아."

"그만해요."

"남겨진 너희 '여덟 사람'이 얼마나 외롭고 괴로운 삶을 살 수밖에 없었는지 난 다 알고 있어."

슬픈 빛으로 얼룩져 가는 조휘의 얼굴.

하지만 여와는 화사하게 웃고 있었다.

"무슨 소리를 하시는 거예요. 우린 정말로 살아남아서 행복했어요. 후손들도 모두 우리를 축복하고 흠모해 줬구요."

피식 웃어 버리는 조휘.

"그래. 나도 깜짝 놀랐어. 알락프카타 마을의 여덟 형제자매들이 출세했지."

여와가 옛 생각이 난 듯 회상에 잠긴다.

"누아에게 배운 방법으로 수련하며, 우린 오랫동안 수명을 초월하며 살았어요. 후손들에게 낚시하는 법을 가르치고, 활을 쏘는 법을 가르치고, 또 농사를 가르치고, 불과 물을 다루는 법을 가르치고……."

"알아. 삼황오제(三皇五帝)의 전설은 다시 환생해서 다 배웠다고. 그리고 배 선(船). 너희들 짓이지?"

"누아를 기억하고 싶었으니까."

"씨발⋯⋯."

쉴 새 없이 흘러내리는 눈물로 증명되는 이 울컥거리는 감정.

신이 되어도 좌가 되어도 이렇듯 인간의 감정은 영원하다.

무한한 시간 속에서도 결코 인간을 버릴 수 없는 이유가 바로 이것.

"또다시 남겨진 사람들을 슬픔에 잠기게 할 건가요?"

진가희의 슬픈 눈은 어느덧 지상의 동료들을 향하고 있었다.

거인화된 채로 묵묵히 올려다보고 있는 남궁장호.

연신 근육을 꿈틀거리는 장일룡과 봉황금선을 펄럭이고 있는 제갈운.

다리를 탈탈 떨며 건들거리고 있는 염상록과 자신을 바라보며 입맛을 다시고 있는 백화린까지.

그 얼굴들 하나하나가 모두 과거 기억 속의 '여덟 사람'들과 겹친다.

그때처럼 지금도 여전히 그들을 살리고 싶다.

하지만 이 성좌대전이 앞으로도 계속 반복될 수밖에 없다면⋯⋯.

과연 그것이 진짜로 '사람을 살리는 행위'일까?

조휘는 스스로 대답할 수가 없었다.

인간종에게 드리워진 절멸의 운명을 어떻게든 막아 보려

고 하지만 역시 어디까지나 발버둥에 불과할 뿐.

"또다시 어리석은 선택을 하려는 건가요?"

상념에서 깨어난 조휘가 한숨을 쉬며 입을 열었다.

"어쩔 수 없잖아."

"또 그렇게 스스로를 무참히 희생시킬 건가요? 그것이 어떤 말로로 치달을지 누아는 정녕 모르는 건가요?"

한데 그때.

"싯다르타."

조휘와 진가희의 곁으로 날아오고 있는 인물은 놀랍게도 자하검성(紫霞劍聖) 단천양.

허나 역시 그의 존재감은 전혀 다른 이의 것이었다.

"칼라마?"

여와에 비해서도 전혀 모자람이 없는 거대한 존재력.

그 역시 또 다른 성좌대전 당시의 여와이자 제갈운이었다.

조휘가 감회를 만끽할 틈도 없이 단천양이 냉정하게 입을 열었다.

"싯다르타. 안 되오."

"당신까지 왜……."

두 눈을 지그시 내려감는 단천양.

"차라리 인간들의 절멸을 받아들이시오. 그게 싯다르타가 다시 '거래'를 하는 것보단 낫소."

"난……."

차마 말을 잇지 못하고 복잡한 얼굴로 굳어지고 마는 조휘.

자하검성 단천양이 더욱 단호하게 호통친다.

"싯다르타. 아니 조휘 공. 잘 생각해 보시오. 인간을 구하기 위한 그대의 모든 행동들이 결국 어떤 인과를 낳게 되었는지를."

단천양의 시선이 조휘의 동료들이 있는 곳을 한 차례 살피더니 이내 너른 중원 천하를 훑었다.

"조휘 공. 이번에도 그대의 계획은 완벽하오. 완벽한 완성도를 자랑하는 달마진경, 역대 최대의 각성자(覺性者) 집단, 더욱이 인간종 최고위 존재인 삼황오제 중 한 명까지 진각성을 이루었소."

조휘도 알고 있었다.

신화시대로부터 환생해 온 여와의 존재력이 얼마나 강력한 것인지를.

그녀의 존재력은 웬만한 성좌들을 압도하고도 남음이었다.

"하지만 이번에도 결국 패배하겠지. 저 배덕한 좌(座)들은 자신들에게만 허락된 불멸(不滅)을 인간에게 결코 나눠 주지 않을 것이오."

그때, 거인화되어 묵묵히 듣고 있던 남궁장호가 의문을 드러냈다.

-노선배님, 그게 무슨 뜻입니까?

단천양의 회한 서린 두 눈이 거대한 남궁장호를 향한다.

"지금의 인간들이 겪고 있는 환생(還生)의 겁(劫)은 저 싯다르타…… 아니 조휘 공의 거대한 은덕 덕분에 가능한 것이라네."

단천양의 목소리에는 강한 내공이 섞여 있어서 지상의 모든 동료들에게도 또렷이 전달되고 있었다.

"사람의 환생이 저 녀석의 은덕 덕분이라니 그게 무슨 말입니까?"

단천양은 황당한 얼굴로 묻고 있는 제갈운을 향해 천천히 하강했다.

조휘의 동료들 모두가 단천양의 입만 바라보고 있었다.

"후배들이 아는 조휘 공은 그야말로 상상도 할 수 없는 우주적 존재……."

"저희 역시 알고 있습니다. 다만 저놈이 그다지 예우를 받기를 원하지 않기 때문에 평소처럼 격의 없이 대하고 있을 뿐입니다."

단천양이 복잡한 상념이 드러난 얼굴로 조휘를 응시하고 있었다.

"본래 우리 인간은 우주의 수많은 하위 종족들과 마찬가지로 보잘것없는 종족이었네."

"빌어먹을 새끼들."

미간을 구기며 툴툴거리는 염상록.

좌들이 인간을 벌레만도 못한 존재로 인식하고 있다는 것은 언제 들어도 기분이 별로인 그였다.

"본래 조휘 공께서는 좌(座)의 격마저 초월하여 창조자의 반열에 오를 존재셨네. 하지만 그런 권리를 스스로 포기하셨지."

"예?"

황당하다는 듯한 염상록의 표정.

좌들보다 더욱 상위의 존재인 창조자(創造者).

세계를 창조할 수 있으며, 또 생명을 낳을 수 있는 진정한 신의 반열이었다.

그런 엄청난 존재가 되는 길을 왜 마다했단 말인가?

"저 녀석이 왜 그런 결정을……?"

"한없이 사랑하셨네."

"예? 그게 무슨?"

검에 올라탄 채 고고히 하늘에 떠 있는 조휘를 한없이 아련한 표정으로 바라보고 있는 단천양.

"그는 사람의 열정을, 그 불꽃과 같은 삶들을 사랑하셨네. 누구보다 사람의 가치를 알아주셨지."

평소에도 조휘는 늘 사람의 불꽃 타령을 늘어놓았다.

동료들로서도 귀에 딱지가 앉을 지경이었다.

"그래서 그는 사람의 불꽃이 더욱 화려하게 타오를 수 있기를 원하셨네. 인간들에게도 자신의 속성을 나눠 주고 싶었던 걸세."

"자신의 속성이요?"

"성좌(星座)의 속성, 불멸 말이네."

"예?"

묵묵히 듣고 있던 제갈운이 황망한 얼굴로 굳어져 있었다.

우주적 존재인 성좌들과 하위 종을 나누는 기준은 지극히 간단하다.

그 삶이 영원불멸(永遠不滅)인가?

오직 우주의 별들과 대등한 존재력을 지닌 좌들만이 누릴 수 있는 특권.

하나 하위 종들은 아무리 발버둥을 치더라도 죽음, 즉 필멸의 한계를 벗어날 수 없었다.

"하지만 창조자가 될 위대한 존재라 해도 우주의 '법칙'마저 깨뜨릴 수는 없었네. 때문에 조휘 공께서 창조자의 권리를 포기하는 대가로 그들에게 받아 낸 것은 인간종의 '불멸'이 아니라 '환생'일세."

"아……!"

"반드시 죽지만 다시 태어나는 것. 그렇듯 환생이란 불멸도 필멸도 아닌 애매한 권리지. 일종의 꼼수였던 셈이네."

그런 엄청난 우주적 비밀에 조휘의 동료들은 하나같이 멍해진 얼굴로 하늘을 올려다보고 있었다.

환생이 태초부터 내려온 인간의 권리가 아니었다는 것은 모두를 충격에 빠뜨리기에 충분했다.

원래라면 일회성으로 끝나 버렸을 인간의 유한한 삶!

"하지만 부작용은 곧바로 생겨났지. 환생은 영원불멸이나 마찬가지여서, 한순간에 인간들에게 좌들과 동일한 조건이 주어진 것이나 다름없었네."

"허면!"

뭔가 깨달은 듯한 제갈운.

"인간들 중에서 격(格)을 돌파한 성좌들이 무수히 태어났 군요!"

단천양이 침중하게 고개를 끄덕였다.

"그렇네. 시간이 흐르면 흐를수록 인간종에게서 무수한 성좌들이 태어날 것이 분명한 상황에서 결국 그들은 창조자들의 법칙을 부정하기에 이르렀지."

"부정이요?"

"그 후로 성좌들은 창조자들의 '법칙'을 신뢰하지도 지키지도 않으려 들었네. 인간에게 허락한 환생으로 말미암아 우주의 '법칙'이라는 절대성이 사라진 셈이란 게지. 더욱이 하나의 하위 종족에게서 계속 성좌들이 태어난다는 건 결국 무리를 형성하여 세력화가 된다는 의미. 이는 우주의 질서를 해치는 일이니 환생이라는 괴이한 법칙을 철회해 달라는 것이 그들의 요구였네."

장일룡이 침을 꿀꺽 삼키며 물었다.

"그래서 어떻게 됐습니까?"

"창조자들이 세운 법칙은 탄생된 적은 있어도 철회된 예는 없었네. 당연히 성좌들의 요구는 기각되었지."

제갈운의 무거운 음성이 이어졌다.

"결국 성좌대전이 발발했겠군요."

"바로 보았네."

이어진 단천양의 회한.

"그런 우주적 비극과 재앙의 끝에서 조휘 공께서는 결국 거래를 받아들일 수밖에 없었네. 인간의 절멸을 감내하기에는 인간을 너무나 사랑하셨지."

"그 거래라는 건 혹시……."

단천양이 침중하게 고개를 끄덕였다.

"그렇네. 인간의 환생에 제약이 하나 붙게 되었지."

"기망(記忘)의 율(律)!"

기억의 소멸이란 필멸의 속성.

그러므로 사람들은 자아를 되찾지 못하는 이상 존재력을 각성할 수 없는 기이한 형태로 살아갈 수밖에 없었다.

"그럼에도 조휘 공은 포기하지 않았지. 오랜 세월에 걸친 무수한 실험, 또한 미래의 기술을 통해 달마진경을 창조하여 인간들을 각성시켰네."

이쯤 되면 의문이 생길 수밖에 없었다.

제갈운의 황망한 시선이 다시 조휘에게 향한다.

"아니, 도대체 왜 그렇게까지?"

사람을 향한 사랑이라고 하기에는 너무나 맹목적이다. 그 야말로 상상할 수도 없는 집착.

그런 제갈운의 의문에 조휘가 직접 대답했다.

"왜 내가 모든 존재를 부정하는 자가 되었을까."

동료들을, 아니 사람을 바라보는 조휘의 시선은 한없이 침잠해 있었다.

"나는 모두 다 보았다. 성좌란 존재들의 유희(遊戲)가 어떤 말로로 치닫는지를."

조휘에게서 뿜어져 나오는 상상할 수도 없는 분노.

"놈들의 유희는 결국은 유린(蹂躪). 절규 섞인 비명과 참혹한 절망, 그런 비참한 영혼들의 발버둥이 고작 놈들의 '재미'에 짓이겨지는 것이 과연 옳은 것이냐?"

순간, 제갈운은 온몸에 소름이 돋았다.

"설마 너는……!"

지켜보던 단천양이 묵묵히 고개를 끄덕인다.

"그렇네. 조휘 공이 궁극적으로 바라는 것은 모든 성좌들의 절멸(絶滅)."

황당하다 못해 경악의 얼굴로 굳어져 버린 제갈운.

아니, 그게 가능한 것인가?

분명 조휘는 성좌들의 수가 우주의 무수한 하위 종족의 수와 비례하거나 그 이상이라고 말했었다.

그 말인즉 중원 대륙과 서역, 동방, 남만 등 하늘 아래 모든 사람들을 합친 수보다도 훨씬 많다는 뜻이다.

신적인 능력을 지닌 성좌들의 수가 인간의 천하(天下)보다도 많다면 아무리 조휘가 합세한들 인간 진영은 상대가 될 수 없는 것이었다.

"아닐세."

단천양이 고개를 내젓고 있자 제갈운의 표정은 금세 의문으로 물들었다.

"뭐가 아니란 말씀이신지……."

"그대들은 친우라면서 아직 조휘 공에 대해서 잘 모르나 보군."

"예?"

단천양이 경외로 이글거리는 두 눈으로 조휘를 응시한다.

"존재를 부정하는 자. 분명 성좌의 신명(神名)이나 실질적으로는 창조자에 근접한 존재. 한순간에 성좌들의 존재력을 무(無)로 돌릴 수 있는 그의 능력이란 이 광활한 대우주 속에서도 매우 특별한 것이라네."

"알고 있습니다. 하지만!"

"아니, 자네들은 모르네. 성좌와 창조자 사이의 간극이 얼마나 엄청난지를."

이어지는 단천양의 음성.

"창조자의 지위를 포기하겠다는 조휘 공의 제안을 그들이 흔쾌히 받아들인 것에는 또 다른 이유가 있었네. 조휘 공께서 이룩한 존재력이란 분명 창조자에 근접한 것이었으나 그의 능력은 다른 창조자들과는 달리 창조(創造)의 속성이 없었지."

"음……."

"아마 조휘 공께서 창조자의 반열에 오르셨다면 그 신명은 창조자가 아닌 '파괴자'가 되었을 걸세."

파괴의 신!

존재를 부정하는 그의 능력이란 그야말로 '파괴의 권능'.

그것은 어쩌면 절대악의 탄생이었다.

남궁장호가 말했다.

-허면 네 힘이 창조자들에게도 통한다는 뜻인가?

조휘가 씨익 웃었다.

"직접 해 보진 않았다."

-왜지? 오히려 가장 빠른 길이라면 성좌들의 척결이 아니라 '법칙'을 주무르고 있는 그들이 아닌가?

"무의미하기 때문이다. 내가 무수한 시간대에서 생(生)을 살 수 있는 것처럼 그들 역시 기본적으로 시간을 다룰 수 있다. 시간을 다루는 건 오로지 창조자들의 권능."

-으음…….

시간을 다룰 수 있는 창조자들의 속성상 조휘가 자신들을 부정하기 이전의 시간대로 도망가면 그만인 것.

사실, 성좌 연합 세력이 조휘보다 더욱 강력하면서도 그를 어찌지 못하고 있는 것은 이런 시간을 다루는 조휘의 사기적인 능력 때문이었다.

"그럼 결국 성좌들이 인간을 절멸시키려는 이유가 우주의 질서를 바로 잡겠다는 명분 때문이란 거야?"

제갈운의 질문에 조휘가 냉랭하게 고개를 가로저었다.

"질서를 바로잡겠다는 그들의 목적이 정말로 순수했다면 어쩌면 난…… 인간종을 포기했을지도."

한 치의 망설임도 없이 인간의 절멸을 방관했을 거라는 냉정한 조휘의 대답.

제갈운은 그제야 조휘가 자신의 친우라기보다 위대한 신적인 존재로 다가왔다.

"조휘 공. 당신의 그 말대로 이제 포기하십시오."

조휘가 단천양을 죽일 듯이 노려본다.

"또다시 그 거래를 받아들이란 말이냐!"

제갈운이 조휘에게 물었다.

"당최 그 거래란 것이 뭐길래 그러는 거야?"

언급하기도 싫다는 듯 제갈운의 시선을 외면한 채 얼굴만 구기고 있는 조휘.

활화산과 같은 분노가 드러난 그의 얼굴이란 마치 야차와 같아서 제갈운은 감히 더는 물을 수 없었다.

결국 단천양이 한숨을 쉬며 입을 열었다.

"한번 세운 '우주의 법칙'을 없앨 수 없다면 남은 방법은 그 법칙에 무수한 제약을 걸어 버리는 것."

"기망의 율을 말씀하시는 겁니까?"

"자네들의 시간대는 이미 기망의 율이라는 법칙이 세워진 세상이네. 조휘 공께서 기망의 율을 없애고 싶으셨다면 '물

(水)의 절멸' 이전의 시간대로 가셨겠지."

그 말인즉 이미 조휘는 기망의 율을 이를 깨물고 감내했다는 의미.

-그럼 인간의 어떤 제약을 없애려고 우리 세상에 온 것이냐?

그런 남궁장호의 질문에 조휘의 음울한 시선이 창백한 허공을 갈랐다.

"변생의 율."

-변생(變生)의 율(律)? 그게 뭐지?

"네가 개구리나 뱀으로도 환생할 수 있다는 의미다."

그랬다.

현세에서 저지른 업(業)에 따라 하찮은 존재로 거듭나기도 다시 인간으로 환생하기도 하는 것.

그것이 바로 불가가 말하는 진정한 윤회(輪廻)의 가르침이었다.

-그게 왜 인간에게 제약이 되는 거지?

"인간이 미물로 환생한다는 것은 종(種)이 달라진다는 의미다."

조휘의 대답에 제갈운의 얼굴이 핼쑥해졌다.

"존재력!"

"그래. 인간으로서 환생을 통해 얻은 존재력이 모두 사라지지."

90 章.

90 章.

    변생(變生)이 일어나는 순간, 인간이라는 종족의 지위와 특성을 단숨에 박탈당할 수밖에 없다.

    또한 환생을 통해 이룩해 온 모든 존재력이 사라진다.

    그 말인즉, 인간종에게서 더 이상 성좌의 출현이 불가능해진다는 뜻.

    "인간이 환생을 통하지 않고 존재력을 닦는 방법은 무공(武功)과 도술(道術)이 효율적이다. 정해진 수명을 초월하기에 가장 유용한 방법이지."

    조휘의 말에 모든 동료들이 묵묵히 고개를 끄덕이고 있었다.

    그가 이 중원 시대를 선택하여 환생한 가장 큰 이유.

삼신(三神)의 유산이 기반되지 않았더라면 조휘는 결코 다시 각성할 수 없었을 것이다.

"물론 초미래 세계의 유전 공학으로도 수명을 초월하는 것은 가능하지. 하지만 그 세계는 이미 변생의 율이 적용된 세상이라 환생이 무의미해."

그때.

우-우-우-우-우-우-우-

마치 음울한 전주곡과 같은 거대한 울림이 광활한 천공에 울려 퍼진다.

그 소리는 마치 벌떼가 우는 소리 같기도, 고통에 신음하는 군중들의 곡소리 같기도 했다.

"싯다르타!"

쩍 벌어진 균열의 틈에서 상상할 수 없는 존재감들이 느껴지기 시작한다.

비명과 같은 단천양의 외침에 조휘가 알고 있다는 듯 침중하게 고개를 끄덕였다.

한없이 익숙하고도 불길한 광경.

이내 조휘가 서서히 존재력을 끌어올리자, 단천양의 얼굴이 극도의 전율로 물들었다.

"세, 세상에!"

그것은 자신이 알던 싯다르타가 아니었다.

적어도 존재력이 당시의 싯다르타보다 세 배는 넘는 것 같았다.

'도대체 그 후로 얼마나 더 환생을 해 온 것이오! 싯다르타!'

마침내 다다른 성좌대전의 서막!

ㅊㅊㅊㅊㅊㅊㅊ-

무수한 성좌들이 일거에 균열의 틈으로 모여든다.

성좌들이 자신들의 차원계를 떠나 하위 종들의 물질계를 침범하는 것은 '법칙'이 허용하지 않은 일.

당연히 온 우주의 영혼들이 공포로, 저주로 그 이름들을 웅얼거리며 두려워하고 있었다.

우우우웅-

우우우우웅-

도사들의 주술과 같은 웅얼거림이 자신들의 천하(天下)에 울려 퍼지자 조휘의 동료들이 극도로 동요했다.

"이, 이게 무슨 소리야!"

"크으윽!"

온 우주의 저주와 통곡이 드리우는 그 공포(恐怖)와 귀기(鬼氣)란 직접 겪어 보지 않는다면 도저히 설명할 수 없는 종류.

그 두려움이 얼마나 지극했으면 제갈운이 순간적으로 죽음을 떠올렸을 정도였다.

하지만 남궁장호는 역시 제왕가의 후손답게 침착하게 투지를 불태우고 있었다.

이어 그는 거대화된 자신의 몸에 맞게 특수 제작된 거검

241

(巨劍)을 부서져라 부여잡더니 균열을 향해 포탄처럼 튕겨져 나갔다.

"남궁 형! 멈춰!"

조휘의 만류에도 아랑곳하지 않고 균열을 덮친 남궁장호가 그대로 거검을 치켜든다.

콰콰콰콰콰콰—

거검을 통해 남궁장호의 막대한 의념이 토해져 나온다.

의념의 절대량만 따진다면 절대경 그 이상!

거기에 거인의 신력(神力)까지 더해졌으니, 마치 고대 신화 속의 거신족을 실제로 보는 듯한 착각마저 들 정도.

조휘를 제외한다면 당대의 천하에서 저 거인화된 남궁장호의 제왕검형(帝王劍形)을 막아 낼 사람이 과연 몇이나 존재하겠는가?

스칵!

남궁장호가 제왕검형의 전이식 제왕지세(帝王之勢)를 연속적으로 펼쳐 내자 군집된 의형검강(意形劍罡) 다발이 수도 없이 균열을 향해 짓쳐 들었다.

"뭐, 뭐야!"

염상록이 눈을 뻐끔거리며 당황했다.

한눈에 봐도 막강한 위력의 의형검강 다발.

한데 천지가 진동하는 굉음이 터져 나와도 모자랄 판국에 아무런 소음도 없이 잦아들고 말았다.

마치 명주솜이 물을 빨아들이듯, 남궁장호의 막강한 의형 검강 다발들이 그대로 균열에 스르르 스며든 것이다.

"물리적인 공격은 아무런 소용이 없어!"

냉정하게 잘라 말하는 조휘의 외침에 결국 남궁장호 거검 을 늘어뜨린 채 멍하니 균열을 응시하고 있었다.

하긴 온 우주의 성좌들이 힘을 합쳐 만든 차원 균열이 그리 쉽게 파괴된다면 그것도 웃긴 것이리라.

그 순간.

우주로부터 전해지던 영혼들의 울부짖음이 일시에 잦아들 었다.

광활한 상공.

길게 세로로 찢어진 거대한 균열에서 우주적 존재들, 그 무 시무시한 성좌들이 하나둘씩 거신(巨身)을 드러내기 시작한 것이다.

-크윽!

남궁장호의 거대한 동체가 비틀거렸다.

그것은 온 마음과 영혼이 무저갱의 나락 속으로 끝없이 낙 하하는 듯한 지독한 공포.

단지 바라보는 것만으로도 정신이 으스러질 것만 같다.

남궁장호가 도저히 믿기지 않는 듯 전율로 온몸을 떨었다.

-이런……!

남궁장호의 음울한 시선이 거검을 잡고 있는 자신의 손을 향했다.

덜덜덜.

적을 앞에 둔 검수가 검병(劍秉)을 잡은 손을 떤다는 것은 검수로서의 자격이 없는 것.

그런 무너지는 감정이란 조휘의 다른 동료들도, 조가대상회의 봉공들과 원로들에게도 마찬가지였다.

평생의 절반을 만인지상(萬人之上)의 무림맹주로 살며 천하를 굽어보던 무황조차도 창백한 얼굴로 온몸을 벌벌 떨고 있었다.

쉴 새 없이 흔들리고 있는 무황의 동공이, 거대한 균열로부터 쏟아져 나오는 성좌들의 면면을 훑고 있었다.

"허……!"

온갖 형이상적인 형태의 성좌들.

물론 개중에는 인간과 비슷한 형상의 성좌도 있었으나 대부분은 도저히 생명체로 볼 수 없는 형태의 성좌들이었다.

그 무수한 성좌들 중의 선두에, 가장 강력한 존재감을 드러내고 있는 두 성좌들이 있었다.

끈적한 유백색 고름이 쉴 새 없이 흘러내리는 핏빛 눈알(目).

검은 불꽃을 온몸에 두른 거대한 괴물.

조휘의 동료들은 하늘에 거대한 눈알이 덩그러니 떠 있는 그 모습과, 끝도 없이 뻗어 있는 기다란 몸집의 용(龍)과 같은 괴물을 바라보며 도저히 현실감이 느껴지지 않았다.

곧 그 둘은 광활한 존재감을 드리우며 천천히 조휘를 향해 날아오고 있었다.

"싯다르타, 이번에도 그때와 다르지 않소."

"그래."

서서히 자신을 향해 날아오는 두 성좌들을 죽일 듯이 노려보고 있는 조휘.

이내 조휘의 입매가 잔인하게 비틀린다.

"그 재수 없는 눈깔은 여전하군."

거대한 핏빛 눈알은 마치 반갑다는 듯 부르르 동체를 떨며 엄청난 유백색 고름을 사방으로 뿌려 댔다.

-조, 존재를 부정하는 자여! 잠시! 이 '주시하는 눈'에게 잠시만 시간을 달라!

핏빛 눈알, 즉 주시하는 눈의 몸짓은 반가움의 그것이 아니었다.

지극한 두려움과 공포!

조휘의 동료들이 성좌들을 바라보며 공포를 느끼는 것처럼, 그들이 '존재를 부정하는 자'를 접하며 느끼는 감정 역시 동일했다.

존재를 부정하는 자 앞에서 성좌들의 수나 존재력의 강함 따위는 아무런 의미가 될 수 없었다.

그가 의지만 일으키면 곧바로 이곳의 모든 성좌가 무(無)로 화(化)하게 된다.

"말하라."

조휘의 허락이 떨어지자 두 성좌들은 거우 안도하며 의지를 드러냈다.

-그대에게 거래를 제안한다!

조휘가 묵묵히 북쪽을 바라보았다.

"그래. 이제 시작되었겠군."

아니나 다를까.

제천대성이 머나먼 북쪽 하늘에서 클라우드 그릴러, 아니 근두운을 타고 날아오고 있었다.

텁!

지상으로 내려온 제천대성의 몰골이란 처참함 그 자체.

"크윽! 주인! 나로선 역부족이었다! 천요력(天妖力)에 가깝게 진화한 내 요력으로도 그 머리도 없는 놈을 막지 못했어! 도대체 그놈은 누구지?"

조휘는 그저 묵묵히 그를 바라보고 있을 뿐 가타부타 대답이 없었다.

제천대성이 수확하는 틈새와 전투를 벌이고도 살아 돌아올 확률이란 한없는 제로에 가깝다.

그놈은 자신을 제외한다면 우주의 그 어떤 성좌들보다도 강력하다.

찢어져라 입술을 깨무는 조휘.

제천대성을 도주하게 내버려 둔 의도는 명확하다.

"놈의 전언(傳言)을 가지고 왔겠군."

"주, 주인! 어떻게 알았지?"

조휘의 무심하고도 고독한 시선이 제천대성을 향했다.

"그놈의 전언이 무엇이지?"

침을 꿀꺽 삼키며 대답하는 제천대성.

"이미. 천만(千萬)을 먹었다."

순간, 조휘의 전신으로부터 상상할 수도 없는 존재력이 피어올랐다.

-조, 존재를 부정하는 자여!

-오오오오!

거대한 균열 아래 끝도 없이 진영을 갖추기 시작한 성좌들이 하나같이 조휘를 경원(敬遠)한다.

조휘와 마주 바라보고 있던 거룡(巨龍)이 흐느끼듯 육중한 날개를 파르르 떨며 몸을 낮추고 있었다.

-존재를 부정하는 자여! 난 느낄 수 있다! 놈의 수확 주머니는 비워지지 않았다! 그놈이 먹은 인간종의 영혼들은 아직 소멸되지 않았다! 협상하자! 거래하자!

또다시 비웃음을 머금는 조휘의 입매.

"눈 하나 깜빡하지 않고 깜찍하게 거짓말을 늘어놓는군. 난 네놈들이 이미 틈새 놈과 수확 주머니를 공유하고 있다는 것을 알고 있다."

-어떻게……?

"머저리 같은 놈들. 놈이 정말로 인간종의 영육(靈肉)을 너희들과 함께 나눌 것 같으냐?"

조휘가 서서히 닫히고 있는 차원 균열을 공허한 얼굴로 응시하고 있었다.

"자, 이제 시작하지."

순간, 조휘의 전신에서 태양빛과 같은 광휘(光輝)가 터져 나왔다.

화아아아아악!

거대한 핏빛 눈알, '주시하는 눈'이 그대로 사라진다.

-아, 안 돼!

비명을 지르고 있는 거룡을 무심히 쳐다보는 조휘.

"일단 네놈들은 이제 성좌계(聖座界)로 되돌아갈 수 없다."

또다시 거대한 동체를 부르르 떠는 거룡.

차원 균열을 다시 열기 위해서는 '주시하는 눈'의 역할이 절대적이다.

대체 그 사실을 존재를 부정하는 자가 어찌 알고 있단 말인가?

"자, 이제 협박 차롄가."

-무슨……?

온갖 의문이 가득 섞여 있는 거룡의 눈빛을, 조휘는 우습다는 듯 피식 웃으며 외면했다.

"잘 가라."

퍼억!

거룡의 거대한 머리가 수박 깨지듯 터져 나갔고.

그 처참한 파편들이 지상으로 쏟아져 내릴 무렵, 그렇게 거룡의 머리가 터져 나간 자리에 기다란 가로 선이 길게 찢어지며 곧 틈이 벌어졌다.

-후으아······!

틈새 사이로 흘러나오는 기괴한 목소리.

조휘의 얼굴이 더없이 차갑게 가라앉는다.

틈새 안으로 철저하게 자신의 존재력을 숨기고 있는 '수확하는 틈새'와의 조우.

그는 자신이 유일하게 '부정할 수 없는 존재'였다.

"제 머리가 터져 나갈 것도 모르고, 수확 주머니를 공유하겠다는 네놈의 말을 덜컥 믿어 버리다니."

물론 불멸자라 소멸당하진 않겠지만, 머리를 잃었으니 본래의 존재력을 회복하는 데 족히 수천 년은 걸릴 것이다.

-오랜만이군.

조휘가 으스러져라 주먹을 말아 쥐고 있었다.

틈새에서 흘러나오는 언령(言靈)을 끊임없이 추적해 보았지만 역시 놈의 본체는 어디에서도 느껴지지 않는다.

놈의 저 언령까지도 거짓.

이어 조휘의 냉랭한 음성이 흘러나온다.

"역시 완벽하군. 수확 주머니를 공유하겠다는 달콤한 유혹을 통해 무수한 성좌들의 몸에 네 '틈새'를 심어 놓았겠지. 나는 네놈을 찾다가 시간을 다 보낼 테고."

"......."

"그렇게 내가 정신없이 성좌들을 추적하고 있을 때, 네놈은 다른 곳의 틈새를 활용해 인간들의 영육을 먹어 치우겠지. 하지만 이제 어떻게 할 거지? 너는 이제 성좌들의 차원으로 돌아가지 못한다. 물질계를 떠도는 이상 네놈이 아무리 인간들의 영육을 먹어 치워 본들 창조자들에 의해 소거(消去)될 것이다."

-예상대로군.

"뭘?"

-그대는 시간을 다스리는 자. 이미 이 모든 상황을 한 번 겪어 본 것인가.

조휘는 아무런 말도 하지 않았다.

그러므로 틈새는 웃고 있었다.

-그렇다면 다행이군. 지금 이 시간대에, 이 공간에 그대가 있다는 것은 지금까지 모두 실패했다는 뜻.

거룡의 목 위로 드러난 기다란 틈새가 마치 사람의 웃음처럼 기묘한 곡선을 그렸다.

-그대는 단 한 번도 나의 본체를 찾지 못한 것이다.

수확하는 틈새의 말에 반박하기도 싫었지만 그 말이 틀린 것도 아니다.

저 미친놈의 본체를 찾는 것이 가능했다면 지금까지의 무수한 성좌대전이 모두 자신의 승리로 끝났을 것이다.

"하지만 네놈이 이긴 것도 아니지."

차원 균열을 다시 생성하는 데 핵심적인 역할을 하는 존재를, 사절(使節)들 사이에 성좌들이 숨겨 놓은 것은 허를 찌르는 한 수였다.

하지만 조휘는 무한히 반복해 온 성좌대전 속에서 그런 '주시하는 눈'의 역할을 완벽히 파악해 냈다.

그의 존재력을 무(無)로 돌리면 성좌 무리들은 무조건 자신과 협상할 수밖에 없다.

하위 종족이 살아가는 물질계에서 아무리 존재력을 상승시켜 본들 성좌계로 돌아가지 못한다면 말짱 꽝이었으니까.

여기까지가 무수한 시행착오 끝에 결론 내린 최선의 상황.

-날 찾지 못하는 이상 그대는 무한히 이 전쟁을 반복해야만 한다. 승자도 패자도 없는 영원한 평행선이다. 이 의미 없는 전쟁을 대체 언제까지 이어 갈 작정이지?

수확하는 틈새가 어깨를 떨며 낄낄거렸다.

-물질계에 성좌들이 이만큼이나 침입했으니 곧 창조자들의 중재가 시작되겠군. 그래! 결국 우리와 그대는 서로 '거래'를 할 수밖에 없겠구나.

"……."

매번 느끼는 거지만 이 틈새 놈의 계략과 지혜란 결코 자신 못지않았다.

문득 조휘의 무심한 시선이 광활한 천공을 향한다.

선연히 느껴진다.

서서히 내려오는 장엄한 기운, 창조자들의 존재감을.

이제 곧 창조자들은 양측 간의 협상을 제안할 것이고, 그 협상이란 결국 또다시 인간종이 '변생(變生)의 율(律)'을 받아 들이는 결과로 이어진다.

그것이 인간종의 절멸을 막을 수 있는 유일한 길.

하지만 자신이 이번에도 제안을 거부한다면?

협상이 깨지는 그 즉시 수확하는 틈새가 곧바로 숨어들어 지상의 모든 인간들의 영육을 먹어 치울 것이고, 결국 '물(水) 의 절멸' 때처럼 지하 공동에 피신해 있는 소수의 인간들만 남아 겨우 문명을 이어 가게 될 것이다.

제안을 승낙한다면?

'기망(記忘)의 율(律)'이 그랬던 것처럼, 인간종 전체에 '변 생의 율'의 법칙이 스며든다.

그러므로 인간들의 환생은 완전히 무의미해지며 다시금 인간은 '필멸(必滅)'의 굴레 속에서 나약한 하위 종족의 길을 걸어가야만 했다.

영세토록 성좌들의 놀잇감과 유희거리로 전락하게 되는 것이다.

기실, 어떤 선택을 하든 결과론적으로는 자신의 패배.

지금까지 조휘는 이 영원한 딜레마에서 단 한 발자국도 전 진하지 못했다.

"싯다르타."

자신을 부르고 있는 단천양의 어두운 얼굴을 살핀 조휘가 단호하게 고개를 가로저었다.

"무슨 말을 하려는지 알아. 칼리마."

수확하는 틈새의 본체를 찾는 단 하나의 완벽한 계획이 있다.

성좌대전, 이 참혹한 절멸의 고리를 끊을 수 있는 유일한 길.

지금까지의 수없는 책사들이 조언하고 강권했지만 결코 실행할 수 없었던 방법.

진가희, 아니 여와도 핏빛 천요력을 머금은 채 조휘에게 다가왔다.

"누아."

"그만. 듣기 싫다."

"해야만 해요."

"……."

순간 조휘가 뿜어내던 존재력이 모두 분노의 기질로 바뀐다.

"내 손으로 인간들을 모두 무(無)로 돌리는 것이 유일한 방법이라면 이 성좌대전이 무슨 의미가 있지?"

가로로 길게 찢어진 수확하는 틈새의 선(線)이 흥미로운 곡선을 그렸다.

-호오……?

수확하는 틈새는 조휘의 말에 담긴 진의를 단숨에 파악해 냈다.

이 행성의 모든 인간들의 존재력을 일일이 한 번씩 부정(否定)해 보는 것.

지금 저 존재를 부정하는 자의 책사들은 그것이 자신의 본체를 찾을 수 있는 유일한 길이라 말하고 있는 것이었다.

-과연 확실하면서도 깔끔해. 그 방법은 틀리지 않아. 하지만 어쩌지? 성좌들마저 일거에 무(無)로 돌릴 수 있는 우주 최강의 존재력을 지닌 그대다. 그런 그대의 존재력을 직격으로 쬐는 순간 어쩌면 인간들은 환생의 기회조차 갖지 못하고 그대로 소멸할지도. 하하! 결국 그대의 손으로 인간종이 멸종의 운명을 맞이하는 건가!

조휘는 수확하는 틈새의 본체를 찾기 위해 상상할 수 없는 세월 동안 무한에 가까운 경우의 수를 살펴 왔다.

마지막 남은 것은 단 하나.

이 땅의 모든 인간들에게 존재를 부정하는 자신의 힘을 투사해 보는 것.

그러나 그리한다면, 지금까지 절멸의 재앙을 막기 위한 자신의 처절한 몸부림이 무슨 의미를 가질 수 있겠는가.

한데 그때.

-오오오오……!

-위대한 자의 존재력이……?

끝도 없이 천공에 도열해 있는 성좌들이 일제히 술렁이기 시작한다.

그 이유는 다름 아닌 거대한 조휘의 존재력이 순식간에 사라져 버렸기 때문.

성좌들은 이 엄청난 성좌 군단 앞에서 스스로 무장을 해제한 조휘의 의도를 쉽게 알아차리지 못했다.

-무슨 뜻이지?

수확하는 틈새의 진한 의문.

그 역시 당황한 듯, 조휘의 의도를 살피느라 여념이 없었다.

"싯다르타……."

"누아……."

말할 수 없는 슬픔이 단천양과 진가희의 얼굴에 서려 있었다.

조휘(曹輝).

이번에도 그는 스스로를 희생해 인간들을 지키려는 것이었다.

이어 조휘의 입에서 놀라운 음성이 흘러나왔다.

"날 먹어라. 틈새."

한눈에 봐도 당황하는 기색이 역력한 수확하는 틈새.

-뭐, 뭐라고?

조휘가 예의 씨익 웃는다.

"내 영육(靈肉)과 존재력을 섭식한다면 네놈은 과연 어떤 존재가 될까?"

-…….

"환생자 집단인 인간들을 모두 섭식한다면 당연히 네놈의 존재력은 어마어마해지겠지. 하지만 너라면 정확히 알고 있을 것이다. 인간을 모두 먹는 것과 나를 먹는 것의 차이를."

그것은 길게 고민할 필요도 없는 문제였다.

존재를 부정하는 자.

시간을 다루는 유일한 성좌인 그는 얼마나 오래 존재력을 닦아왔는지 상상조차 불가능한 존재였다.

무한존자(無限存者).

성좌의 지위로서 활동하나 실질적으로는 창조자의 반열에 이른 존재.

이 무수한 성좌 군단을 앞에 두고도 홀로 협상을 운운할 수 있는 그야말로 우주적인 절대자.

······정말 널 먹게 해 주겠다고?

"그래. 망설이지 말고 먹어라."

"싯다르타여."

그 옛날 그랬던 것처럼 조휘는 또다시 인간들의 세상을 위해 스스로를 희생하고 있었다.

-그러나 성좌가 성좌를 섭식하는 건 너무 위험하다!

조휘가 천천히 고개를 끄덕였다.

"그래. 인정한다. 성좌는 불멸(不滅). 어떤 일이 일어날지 누구도 예상할 순 없지."

말없이 묵묵하게 듣고만 있는 수확하는 틈새에게로 조휘가 선언하듯 외쳤다.

"하지만 지금 난 이 자리에 있다."

-설마 그 말은……?

조휘가 흔쾌히 고개를 끄덕였다.

"그래. 난 이미 네놈에게 수도 없이 먹혀 본 상태지."

-오오……!

수확하는 틈새가 가늘게 몸을 떨었다.

성좌가 성좌를 섭식할 수 없는 이유는 불멸자들끼리 존재력이 섞이는 것은 상당한 위험성을 내포하고 있었기 때문.

하지만 그 말인즉 자신이 '존재를 부정하는 자'의 존재력을 별 무리 없이 소화해 냈다는 의미였다.

무슨 일이 일어날지 모르는 상황에서 조휘의 그 말은 상당한 설득력을 발휘했다.

-그대 역시 불멸이라 다시 생(生)을 이어 갈 테지만…… 정말 이해할 수 없군. 존재력을 상당 부분 잃을 것이 분명한데 도대체 왜?

조휘가 냉소했다.

"뭐 이번에도 수만 년 동안 공허 속에서 부유하며 모든 기억을 천천히 잃어 가겠지. 겨우 존재력을 회복하고 다시 환생한다고 해도 성좌로 다시 각성할 수 있을지는 역시 미지수다. 다시 무수한 생(生)을 통해 인과를 모아 돌아오는 수밖에."

-…….

상대가 아무렇지도 않게 말하고 있었지만 수확하는 틈새

는 그야말로 전율에 몸을 떨 수밖에 없었다.

모든 존재력을 잃고 수만 년간 그 빌어먹을 공허(空虛) 속
에서 부유한다니!

그런 긴 시간 동안 천천히 기억을 잃어 가는 고독이란 감히
상상할 수도 없었다.

-조건이 있겠지?

조휘가 묵묵히 고개를 끄덕였다.

"가호(加護). 네가 인간종의 수호신이 되어라. 네 성좌의
이름과 언령으로 이 자리에서 선언해야 할 것이다."

-뭣이?

성좌에 이른 존재가 스스로 이름을 밝히며 맺은 언령은 결
코 훼손되거나 효력을 잃을 수 없다.

즉, 인간종을 섭식하는 것이 금지되는 것은 물론이요, 오히
려 성좌들의 유희로부터 그들을 지켜 내야 할 판이다.

"싫어? 싫으면 지금 바로 저 성좌 군단들을 모두 무(無)로
돌리고. 뭐 네놈이 숨어들어서 인간들을 모두 먹든 말든 상관
하지 않겠다. 어차피 성좌계로 되돌아가지 못하는 이상 네놈
의 운명도 인간들과 마찬가지니."

그 즉시 조휘의 무서움을 깨달은 수확하는 틈새.

지금의 상황은 저 '존재를 부정하는 자'가 스스로 수없이
생(生)을 반복하며 만들어 낸 최선의 결과.

그런 철저한 계획 앞에서 자신은 도저히 상대의 유혹을 뿌

리칠 수가 없었다.

-거부할 수 없는 제안이군.

피식.

"상인(商人)의 기본이지. 상대에게 거부할 수 없는 제안을 하는 건."

그 말을 끝으로 굳게 입을 닫아 버린 조휘.

동료들은 그런 조휘의 고독한 눈빛을 바라보며 한없는 절망에 빠져들었다.

의식만 남겨진 채 우주의 공허 속에서 수만 년을 떠돌아야 한다니. 그런 상상도 할 수 없는 고통을 대체 조휘는 지금까지 얼마나 무수히 겪어 왔단 말인가?

과연 인간이란 저 위대한 성좌의 가호와 희생을 강요할 만한 가치가 있는 종족인가?

지금 동료들이 조휘를 바라보며 느끼고 있는 감화(感化) 역시 과거의 사람들과 비슷했다.

오래전의 인간들도 그런 '존재를 부정하는 자'의 희생을 기리며 무수한 종교를 만들어 냈다.

"싯팔! 때려쳐! 홀로 고고하게 그렇게 뒈져 버린다고 누가 고맙게 생각할 것 같냐?"

츠캉!

염상록이 쌍겸을 길게 빼어 들며 떠나갈 듯 소리쳤다.

"좆까! 저 괴물에게 잘근잘근 씹어 먹히건 말건 그건 내 팔

259

자니까 헛소리 집어치우고 저 성좌 새끼들 모조리 죽여 버려!"

무황 역시 고색창연한 고검(古劒)을 고쳐 잡더니 한 발자국 앞으로 나섰다.

"사파의 아해가 이 못난 늙은이에게 정문일침의 가르침을 내려 주는구나! 옳다! 참으로 옳다! 무인의 죽음은 스스로가 결정하는 법!"

장일룡이 당장이라도 육탄전을 벌일 기세로 웃통을 벗어 재꼈다.

"크허허헛!"

창천신검을 빼어 든 창천검협 남궁수.

"대남궁! 개진(開陣)!"

그 순간, 어느새 중원 각지에서 몰려든 각성자들이 사방에서 모여들며 호응하고 있었다.

쿠구구구구구구구-

-적을 물리쳐라!

-대중원(中原)을 지켜라!

그야말로 인간종(人間種) 전체가 '사람의 불꽃'을 태우고 있다.

그들의 오랜 가호신인 여와(女媧)는 뜨거운 분루를 삼키며 전장의 전면에 나섰다.

누군가가 떠나갈 듯 소리쳤고.

"여와다! 삼황오제다!"

-우와아아아아아!

군집된 중원인들의 사기가 그대로 전장을 해일처럼 집어 삼키며 성좌 군단들을 압박해 가자.

조휘가 슬픈 눈으로 여와를 바라보다 나직이 음성을 토해 냈다.

"시간이 없어. 빨리 결정해."

그 순간.

기다랗게 찢어진 틈새에서 성좌의 언령(言靈)이 흘러나왔다.

쉴 새 없이 주문과 같은 언령을 쏟아 내는 수확하는 틈새.

그렇게 그가 오롯한 자신의 이름으로 인간종을 향한 가호(加護)의 뜻을 선언하자, 마치 화답하듯 천공에서 홀황의 광휘가 쏟아져 내리고 있었다.

우주의 법칙을 상징하는 홀황의 광휘가 지상에 강림했다는 것은 모든 창조자들이 공증을 끝냈다는 뜻.

곧 수확하는 틈새의 기다란 틈에서 상상할 수 없는 존재력이 쏟아져 나왔다.

-성좌들이여! 진군을 멈추어라!

순간, 중원의 각성자들과 일촉즉발의 격돌을 앞두고 있던 성좌 군단이 일제히 전투 의지를 거두었다.

조휘는 각양각색의 반응을 보이는 성좌들에게서 그들의 당혹스러운 마음을 고스란히 느낄 수 있었다.

그도 그럴 것이, 천만에 달하는 인간들의 영육을 먹어 치운 수확하는 틈새의 존재력이란 그들의 상상을 아득히 능가하는 것이었다.

'창조자들'과 '존재를 부정하는 자'를 제외한다면 성좌들의 차원에서 저만한 존재력을 과시한 이는 단연코 처음이었다.

이어 모든 성좌들이 창공 아래 찬란히 빛나고 있는 홀황의 광휘를 바라보며 당혹해하고 있었다.

-갑자기 이게 무슨 일인가!

-저들을 가호한다고?

-수확하는 틈새가 인간종의 수호신이 되었단 말인가?

성좌 진영의 혼란이 걷잡을 수 없이 커져 갔다.

수확하는 틈새가 제공해 준 정보와 계획이 아니었다면 애초부터 자신들의 차원 침입은 성공할 수 없었다.

실질적인 지도자였던 자가 갑자기 태도를 바꿔 인간종의 수호자를 자처, 그것도 성좌의 신명(神名)으로 선언해 버리다니!

자신들의 지도자가 순식간에 적이 되어 버린 것이다.

창조자에 근접한 존재력을 지닌 '존재를 부정하는 자' 하나만으로도 벅찬 마당.

거기에 환생력(還生力)을 각성하여 사실상 불멸의 존재나 다름없는 인간들까지 합세한 상황이었다.

한데 그것으로 모자라 자신들의 지도자까지 인간 측에 붙어 버리다니!

설사 이긴다고 해도 예상되는 타격이 너무도 크다.

가장 최악은 '주시하는 눈'이 조휘에 의해 사실상 소멸되어 버렸다는 것.

설사 전쟁에서 이긴다고 해도 주시하는 눈이 없다면 다시 차원 균열을 생성할 수 없었기에 성좌계로 되돌아갈 방법이 없는 것이다.

결국 자신들은 이곳에서 억겁의 형벌 아래 놓일 것이 자명했다.

'법칙'을 부정하는 것은 그만큼 창조자들의 노여움을 사는 행위.

결국 성좌 군단 측은 자신들의 패배를 자각하고서 하염없이 조휘만을 응시할 수밖에 없었다.

존재를 부정하는 의지를 거두고 주시하는 눈을 원래의 형태로 소환할 수 있는 것이 바로 그의 능력.

그의 자비가 없다면 자신들은 이 우주의 구석진 성계에서 창조자들의 형벌만 기다리는 처연한 신세일 뿐인 것이다.

피식.

하지만 조휘는 그 빌어먹을 눈알을 다시 소환할 마음이 눈곱만큼도 없었다.

그렇게 성좌들을 향해 조소를 흘리던 조휘가 수확하는 틈새를 향해 천천히 걸어가 자신의 모든 힘을 해제했다.

상대가 스스로의 이름까지 걸며 약속을 지켰으니 이제 자신이 화답할 차례.

-이렇게까지 하는 이유를 모르겠군. 고작 하위 종족에 불과한 인간종에게 무슨 가치가 있어 창조자들과 직접 협상까지 할 수 있는 우주적 존재가 이리도 스스로를 희생한단 말인가?

"그만 떠들고 어서 날 먹어라."

그 말을 끝으로 지그시 눈을 감은 채 침묵해 버리는 조휘.

수확하는 틈새는 도저히 현실감이 느껴지지 않았다.

이런 우주적 존재를 섭식할 기회가 정말로 자신에게 주어지다니!

그의 영육을 온전히 소화할 수만 있다면 자신 역시 차원과 세계를 창조할 수 있는 위대한 창조자가 될 것이었다.

츠르르르르-

이윽고 틈이 벌어진다.

그 벌어진 틈 사이에서 말로 형언할 수 없는 끔찍한 기운이 흘러나오자 남궁장호가 기겁을 하며 달려왔다.

-도대체 이게 무슨 짓이냐!

촤아아악!

-크아아악!

남궁장호의 거대한 동체가 무언가에 가로막힌 듯 거칠게
튕겨져 나온다.

이미 조휘의 주위에는 가공할 기운을 풍기는 무형의 장막
이 자리 잡고 있었다.

"남궁 형."

남궁장호를 바라보는 조휘의 얼굴에는 천연덕스러운 미소
가 떠올라 있었다.

남궁장호의 목소리가 비명처럼 울려 퍼진다.

-미친놈! 죽음이 장난이냐!

산 채로 영육(靈肉)이 찢겨 섭식 당하는 고통이 얼마나 지
독한지 알려 준 것은 다름 아닌 조휘였다.

그토록 인간들이 받게 될 고통을 두려워했으면서 왜 자신은
저리도 아무렇지 않게 웃으며 영육을 내줄 수 있단 말인가?

-이게 끝이 아니지 않느냐! 이 미친 짓을 언제까지 반복할
참이냐?

분명 저 바보 같은 놈은 인간들을 위해 몇 번이고 환생을
거듭하여 오늘처럼 스스로를 희생시킬 것이었다.

그의 전생과 얽혀 있던 진가희와 단천양의 얼굴만 봐도 알
수 있다.

끝 모를 슬픔과 처연함으로 물들어 있는 그들의 표정.

"남궁 형."

한데 조휘의 표정이 기묘하다.

오랫동안 조휘를 지켜봐 온 남궁장호는 그에게 뭔가 남은 수가 있음을 감각적으로 깨달았다.

저 녀석은 지금 포기하지 않았다.

-흥! 마음대로 해라!

그렇게 남궁장호가 휙 하니 물러가자.

벌어진 '틈', 그 끔찍한 섭식(攝食)의 아가리가 조휘를 통째로 집어삼켰고.

그 순간 중원, 아니 세계가 정지되었다.

수확하는 틈새는 자신의 수확 주머니에 들어온 조휘를 몇 번이고 확인하고 있었다.

그러나 몇 번을 확인해 봐도 '존재를 부정하는 자'의 존재력과 영육이 확실했다.

여기까지 온 이상 이제 그는 끝이었다.

설사 창조자라 할지라도 자신의 영역인 수확 주머니 속에 들어온 이상 하찮은 미물(微物)이나 마찬가지.

이제 이 우주적 존재의 영육을 소화하기만 하면 자신은 진정한 우주의 절대자, 스스로 세계와 차원을 창조할 수 있는 창조자로 거듭날 수 있을 것이었다.

-크하하하하하!

그렇게 수확하는 틈새가 희열에 몸을 떨며 기뻐하고 있을 때.

그의 수확 주머니 속에서 웬 기계음이 들려오기 시작했다.

삐빅-

-고유 염동 디지털화 완료, 염동 파동 증식 완료, 다중 코어 변이 완료, 확장된 염동 코어들을 모두 설정된 목표를 추적하는 데 활용합니다.

막 조휘의 영육을 찢어 삼키려던 수확하는 틈새가 극도로 당황했다.

갑자기 상대의 영혼과 의식이 수천, 수만 단위를 넘어 억(億) 단위로 쪼개지더니 자신의 모든 '살아 있는 틈'을 향해 뻗어 가기 시작한 것.

틈은 곧 출구요, 그 모든 출구들의 바깥은?

거기까지 생각이 미치자 뭔가 일이 이상하게 흘러가고 있음을 깨달은 수확하는 틈새가 처절한 비명을 터뜨렸다.

-이 간사한 자가!

사념과 의식을 쪼개는 것은 성좌라면 누구나 할 수 있는 일이었다.

여러 영혼들에게 의식을 심어 화신(化身)으로 삼는 것이 성좌의 대표적인 권능이기 때문.

하지만 두세 개 정도로 쪼개는 것이 아니라 억(億) 단위라고?

할 수 있느냐 없느냐는 논외로 치더라도 그런 시도 자체가 미친 짓이었다.

영혼 자체가 소멸될 수도 있는 위험한 행동!

그렇게 엄청난 수로 쪼개어진 의식들을 모두 통제할 수 있을지도 의문이었지만, 다시 의식이 합일(合一)된다고 해도 온전한 본래의 의식으로 되돌아갈 수 있을지를 장담할 수 없었다.

소멸을 각오하지 않는다면 결코 할 수 없는 극한의 선택!

하지만 상대의 쪼개어진 의식들이 이내 자신의 수확 주머니와 연결된 모든 '틈'으로 뻗어 나가자.

-이, 이런!

수확하는 틈새는 뼈저리게 느껴야만 했다.

상대가 그토록 무수한 의식을 모두 통제하고 있다는 것을.

-아, 안 돼!

하지만 그런 바람과는 반대로 자신의 모든 틈들이 역추적당하기 시작했다.

이대로라면 결국 자신의 '본체'를 들킬 수밖에 없는 상황.

자신의 본체가 드러난다는 것은 결국 이 기나긴 성좌대전에서 끝내 패배한다는 의미였다.

존재를 부정하는 자는 창조자들과 마찬가지로 시간을 다루는 자.

다른 시간대에서의 자신은 틀림없이 그에게 소멸을 맞이

하게 될 것이다.

-이대로 내가 당할 것 같은가!

결국 수확하는 틈새는 조휘의 추적을 막기 위해 자신의 수확 주머니를 희생시키기로 결심했다.

스스스스스스-

무저갱처럼 아득한 수확 주머니 내부가 서서히 붕괴되어 가기 시작한다.

영육을 섭식(攝食)할 수 있는 권능을 유지하기 위해서는 수확 주머니는 필수적이었다.

소화를 거치지 않고 곧바로 영육을 삼킬 경우 막대한 부작용이 초래되기 때문.

때문에 수확하는 틈새는 이 수확 주머니를 완성하기까지 수만 년 동안의 기나긴 노력을 기울여 왔다.

그야말로 제 살점을 도려내는 심정이 아닐 수 없었다.

-크아아아아아!

하지만 갓박스에 괜히 '갓(God)'이란 단어가 붙어 있는 것은 아니었다.

조휘의 무수한 생(生), 그 끝없는 반복 끝에 마침내 완성한 갓박스는 '존재를 부정하는 자'의 모든 노력과 의지, 안배가 담겨져 있었다.

-목표 염체의 무효화 시도를 확인. 염동 터널 가상화 온

(on). 다중 코어 변이 최대 확장. 경고! 경고! 스피리츄얼 파
워 부족! 에테르계 에너지 부족! 염동 가상화 시스템 유지 가
능 시간 1분!

그렇게 기이한 에너지가 수확 주머니 전체에 깃들자.

-가, 간교한!

결국 수확하는 틈새는 화신(化身)의 자의식을 스스로 거두
었다.

모든 것을 포기한 채 자신의 본체로 되돌아간 것이다.

갓박스의 시스템이 보조해 주지 않았더라면 결코 성공을
장담할 수 없는 위험천만한 도박.

억 단위로 잘게 쪼개어진 의식이 다시 합일되는 그 고통이
란 억겁에 가까운 생(生)을 살아온 조휘로서도 몸서리쳐질
만큼 지독한 것이었다.

하지만 조휘는 광기에 가까운 집착으로 정신을 부여잡았
고 마침내 시야를 회복할 수 있었다.

동공으로 천천히 번지는 빛살.

이내 그런 알록달록한 빛의 잔상들이 잦아들자 그의 투명
한 동공에 한 '인간'의 모습이 맺혔다.

"넌!"

얼마나 소스라치게 놀랐는지 벌떡 일어나고 마는 조휘.

창살 아래 스며드는 동녘의 햇살 아래 천천히 드러난 그 얼굴은 바로.

"장삼봉……?"

심연처럼 가라앉은 눈으로 차분하게 조휘를 바라보고 있는 존재.

그는 바로 도맥의 전설적인 시조이자 모든 도가의 신성인 장삼봉이었다.

"……당신이 본체라고?"

91章.

　수확하는 틈새.

　오랫동안 자신에게 좌절을 안긴 간교한 존재이자, 성좌 진영의 실질적인 수장이며, 인간종의 영육을 수도 없이 잔인하게 섭식해 온 자.

　상상을 벗어난 계략으로 우주의 법칙을 유린해 온, 그야말로 성좌계의 절대악(絶對惡)인 그가 어떻게 도가의 도조(道祖) 장삼봉일 수가 있단 말인가?

　그는 도가를 떠나 민간에서조차 성자(聖子)로 추앙받아 온 인물이며 대협(大俠)이라는 칭호와 가장 어울리는 위인이었다.

　그 온후한 성품과 기질이 너무도 깊어 때론 우둔해 보일 정도로 선인(仙人) 그 자체를 상징하는 존재.

그런 위대한 선인의 정체가 추악하기 짝이 없는 수확하는 틈새라니!

조휘는 도저히 쉽게 받아들여지지 않았다.

뿐만 아니라 조휘를 더욱 혼란스럽게 만드는 것은, 그가 바로 오랜 세월 동안 중원의 절멸을 막기 위해 '지하 공동'을 건설해 온 인물이라는 것이었다.

그 거대한 지하 공동의 중심에서 그의 유해를 직접 확인한 조휘.

한데 이렇게 아직 그가 살아 있으며 그것도 격을 이룬 성좌(星座)라니?

하지만 그런 혼란스러운 감정은 장삼봉도 마찬가지인 듯했다.

"도저히 믿을 수가 없군. 이렇게 쉽게 내 본체를 찾아낼 줄이야. 그것은 혹 미래 세상의 법보(法寶)인가?"

장삼봉의 무심한 시선이 조휘의 품에서 삐죽 튀어나와 있는 갓박스를 향해 있었다.

"대체 어떻게 살아 있을 수가 있지……?"

질문에 질문으로 대답하는 조휘의 태도가 언짢은 듯 장삼봉이 미간을 찌푸렸다.

"주위를 살펴보시게."

조휘의 황망한 두 눈이 천천히 장삼봉의 시선을 좇는다.

사방 삼 장(三丈) 정도의 작은 방.

한데, 시야에 들어오는 집기나 도기 따위의 양식이 자신이 살던 중원과는 다소 달랐다.

수없이 환생을 반복해 온 조휘는 그것이 고대 중원의 양식이라는 것을 한눈에 알아봤다.

"설마 이 시대는……?"

"원말(元末)이지. 이제 곧 원은 북원(北元)으로 전락할 것이고 명(明)이 태동할 것이야."

그 순간 조휘가 황급히 창밖을 바라본다.

준엄한 기세로 솟아오른 첨봉들.

또한 도사들의 도경 외는 소리와 그윽한 선기가 사방에서 느껴진다.

그 험준한 산령에 압도당하는 듯한 느낌을 선사하는 이곳은 분명 초기의 무당(武當)이 아닌가?

'장삼봉이 생존해 있는 시대의 무당파!'

조휘가 소스라치게 놀라며 다시 장삼봉을 바라봤다.

"좌의 격을 돌파한 것으로도 모자라 다른 시대의 영혼을 화신(化神)으로 삼을 수 있다고?"

"당신의 말대로 고작 다른 시간대의 영혼을 화신으로 삼는 수준이지. 시간을 초월하는, 환생의 인과(因果)를 직접 다스릴 수 있는 그대에 비한다면 한참이나 모자란 경지다."

성좌의 경지에도 여러 단계가 있었다.

다른 시간대의 영혼을 자신의 화신으로 만들 수 있는 단계는 분명 시간을 다루는 경지의 초입이라 할 수 있었다.

높은 존재력과 영격을 통해 시공간을 이해하기 시작하는 단계.

조휘는 이 '수확하는 틈새', 아니 장삼봉의 경지가 거의 자신의 목전에 이르러 있다는 것을 실감해야만 했다.

"하지만 분명 당신의 시체를 봤는데……."

장삼봉이 묵묵히 고개를 끄덕였다.

"그곳은 이 장삼봉이 좌(座)의 격을 돌파하지 못한 인과율이 적용된 시대. 그곳의 나는 당연히 도사(道士)로서의 본분을 잊지 않은 채로 생을 마감했겠지. 그리 이상하지도 않은 일이네."

조휘가 단호하게 고개를 가로저었다.

"그럴 리가 없다!"

장삼봉은 누구보다도 자신이 가장 잘 알고 있었다.

달마로 살았을 때 그를 제자로 맞이했던 것은 다름 아닌 자신.

그의 경지는 물론이요, 그의 드높은 학식과 도력, 올곧은 심성까지 그는 결코 악인(惡人)이 될 수 없는 존재였다.

제자들 중 유일하게 자신의 뜻을 이해하고, 또 이어 간 존재.

그는 완벽한 선인(善人)의 표상, 그야말로 성선설(性善說)의 화신과 같은 사람이었다.

장삼봉이 피식 웃었다.

"이 시간대의 내가 좌의 격을 돌파한 것이 그리 이상한 일인가?"

"결코 불가능하다!"

무림의 대문파라 자처하는 문파들조차도, 절대경의 무인이 한 명 탄생하는 것을 기적이라 여기고 있었다.

하물며 무림의 신(神)의 경지라 불리는 자연경을 돌파하고 그 너머의 무수한 벽들을 모두 뛰어넘어 고귀한 좌(座)의 영역을 넘보는 것.

그것은 인간의 수명을 수도 없이 초월해야 겨우 가능한 것이었다.

그 과정이 그리도 쉬웠다면 각 문파의 개파조사나 드높은 경지의 원로들 중에서 무수히 좌가 탄생했을 것이었다.

"으음……."

장삼봉이 다소 음울해진 표정으로 자신의 품에서 옥환(玉丸) 같은 것을 꺼내 들었다.

조휘는 그것을 보자마자 가슴이 철컥 내려앉았다.

"다, 달마옥(達磨玉)?"

다른 시간대의 환생체로 살아가기 위해 자신이 손수 만들었던 법보!

그런 위험천만한 물건이 어떻게 장삼봉의 수중에 있을 수 있단 말인가?

무엇보다 저 달마옥은 자신의 영혼이 다른 시간대의 환생체에 스며드는 순간 완전히 소멸하게 된다.

그렇다면?

"그걸 어찌 당신이……?"

장삼봉은 오히려 황당하다는 표정으로 조휘를 끈덕지게 응시하고 있었다.

"이 법보를 알고 있단 말인가? 달마옥? 이것이 달마옥이라 불린다고?"

"어떻게 그걸 당신이 가지고 있을 수 있냐고!"

장삼봉은 이상하리만치 거칠게 반응하는 조휘를 이해할 수 없다는 듯 오히려 반문했다.

"내가 알고 있는 이 법보의 이름은 여의환(如意丸). 과거의 이름 모를 선인들이 목숨까지 바쳐 가면서 완성한 일종의 영옥이지."

"영옥(靈玉)이라고?"

자신이 아는 한 여의환이라는 이름을 가진 영옥은 지금까지 존재하지 않았다.

무엇보다 저 여의환이라는 법보에서 뿜어져 나오는 법력의 성질은 자신의 달마옥과 너무나도 흡사했다.

"어쨌든 이 법보가 내가 좌(座)에 이를 수 있었던 비결이다."

장삼봉으로서는 자신의 비밀과 근원을 밝히는 위험천만한 도박이었다.

존재 자체를 부정할 수 있는 능력을 지닌 자의 앞에서 얕은 수를 써 봐야 어차피 소멸에 가까운 타격만 입게 될 뿐.

상대가 흥미를 보인 이상, 최대한 자신의 법보를 활용하여 시간을 끌어야만 했다.

어떻게든 이 자리에서 탈출하는 것만이 유일한 살길이었다.

그때.

삐빅-

-경고! 경고! 무한(infinity)에 가까운 에테르 에너지가 포착되었습니다! 시공간의 역류나 왜곡, 혹은 그 이상의 변수가 예상됩니다!

여의옥을 향한 조휘의 황당한 눈빛.

무한한 에테르 에너지라고?

완벽한 AI를 자랑하는 갓박스는 인간의 수억 배에 달하는 연산력을 지니고 있었다.

그런 갓박스는 결코 함부로 무한(無限)이라는 단어를 내뱉지 않았다.

그 말인즉 저 여의환이라는 법보에 담긴 인과율과 존재력이 성좌급 이상이라는 뜻.

대관절 물질계에서 그만한 존재력이 있을 수 있단 말인가?

"그 법보로 무얼할 수 있지?"

"상대의 존재력을 흡수하여 자신의 것으로 치환(置換)할 수 있다."

"뭐라고!"

마치 무림의 흡기공(吸氣功)처럼 상대의 존재력을 흡수할 수 있다니!

그것은 저 빌어먹을 '수확하는 틈새'의 고유한 권능이 아니던가?

비로소 조휘는 이 장삼봉이 어떻게 '수확하는 틈새'라는 신명(神命)을 부여받았는지 확실히 깨달을 수 있었다.

인간의 수명을 수없이 초월해야 겨우 도달할 수 있는 좌의 격을, 단지 상대의 존재력을 흡수하는 법보로 도달할 수 있었다니!

한데 그 순간.

"설마······!"

조휘의 낯빛이 극도로 창백해졌다.

상대의 생명력을 흡수하여 자신의 힘으로 치환하는 법력을 구사하던 존재.

달마 시절, 처음으로 맞이한 제자들 중에서 그런 능력을 지닌 사악한 도사가 있었다.

혼세마(混世魔)!

선계의 선인들이 인간들의 세상을 따로 칭하는 단어인 '혼세일계(混世一界)'의 유례는 바로, 당시의 하계(下界)가 혼세마가 장악한 세상이었기 때문이다.

당시의 세상에는 사람의 정기를 수도 없이 갈취하여 무시무시한 법력을 완성한 혼세마를 감히 선계의 선인들도 당해 내지 못했다.

그 사악한 법력 앞에서 무수한 도맥(道脈)과 선가(仙家)들이 무너졌으며, 중원의 황제조차 혼세마의 말 한마디에 엎드릴 수밖에 없었던 마당.

그래서 하계는 혼세마의 소유라 하여 혼세일계라 불렸던 것이었다.

그 당시 '달마(達磨)'의 환생체로 살아가던 자신이 그를 징치하여 제자로 삼아 구속하지 않았더라면?

이 중원은 그의 완악(完惡)한 마수 아래 벌써부터 멸망했을지도 몰랐다.

"이리 줘 봐."

조휘가 죽일 듯이 자신을 노려보며 요구하자 놀랍게도 장삼봉은 순순히 여의환을 내주었다.

"여기 있네."

여의환을 받아 든 조휘가 존재력을 끌어올려 천천히 주입하기 시작하자.

조휘의 얼굴이 흉신악살처럼 일그러진다.

이 여의환이라는 법보 속에는, 혼세마 고유의 사악한 법력뿐만이 아니라 자신의 다른 제자였던 의천존자와 무천진인의 도력까지 담겨 있었던 것.

'이럴 수가……!'

순수한 그들의 도력이 혼세마의 사악한 법력과 혼탁하게 섞여 있는 것으로 보아 그 고명했던 두 제자들이 혼세마에 의해 흡수당한 것이 틀림없었다.

'어떻게 이럴 수가 있지?'

장삼봉의 말을 종합해 보자면, 이곳은 자신이 달마옥을 통해 다른 환생체로 떠난 후의 시간대였다.

허면 자신이 안배한 대로 남겨진 세 제자들이 '달마'를 증오하며 각자의 영옥을 탄생시키는 것이 정상적인 상황이 아닌가?

그들이 남긴 세 영옥.

의천혈옥(義天血玉).

혼세천옥(混世天玉).

무천진옥(武天眞玉).

조휘는 그들의 영옥을 통해 중원의 역사 속에 존재했던 엄청난 기인들의 경험과 실력을 함양하고 다시금 성좌로 각성할 수 있었다.

그런 자신의 안배는 그야말로 철저했으며 결코 비틀릴 수가 없었다.

분명 이것은 자신의 안배와 예측 이외의 결과.

"이것을 어디에서 발견했지? 이 법보의 근원에 대해서 아는 바는 없나?"

장삼봉이 가늘게 눈을 뜨며 고개를 가로저었다.

"우연히 발견한 것이라 나로서도 아는 바가 없네."

조휘는 그가 거짓을 말하고 있는 것을 단숨에 알아차렸다.

웃겼다.

여의환이라는 법보의 이름까지 파악하고 있는 자가 아무런 연원도 모르다니.

어쨌든 장삼봉이 그의 모든 것이라 할 수 있는 여의환을 자신에게 내준 것은 명백한 실수.

조휘가 여의환을 묵묵히 품에 갈무리하는 데도 장삼봉은 아무런 반응을 하지 않았다.

"위험한 물건이니 내가 갖겠다."

"좋을 대로."

사실 장삼봉은 크게 개의치 않았다.

여의환은 좌의 격을 이르는 과정에서 필요한 법보일 뿐, 이미 좌의 권능을 일신에 아로새긴 상황에서 자신에게는 그다지 필요한 물건이 아닌 것이다.

"날 소멸시키지 않을 순 없겠는가."

조휘가 무당산의 전경을 바라보며 나직이 한숨을 토해 냈다.

"후…… 이 법보로 도대체 얼마나 많은 인간들의 존재력을 흡수해서 성좌가 된 거지?"

"……."

분명 수없이 많은 인간들을 희생시켰을 것이다.

도사(道士)의 신분으로, 선인(善人)의 얼굴로 얼마나 많은 사람들을 기만하며 악행을 이어 온 것인지를 굳이 물어볼 필요도 없을 것이다.

"도망치려고?"

장삼봉이 자신의 모든 것이라 할 수 있는 법보까지 내어 주
며 끊임없이 도주하려고 틈을 살피는 것을 조휘는 애초부터
알고 있었다.

조휘가 천천히 존재력을 끌어올렸다.

"무(無)로 되돌아가거라. 내가 의지를 거두기 전까지는 결
코 되돌아오지 못하리라."

조휘는 장삼봉이 오랜 세월 도력을 닦아 온 위대한 선인이
지만 동시에 힘을 추구했던 강호인이라는 것을 결국 받아들
일 수밖에 없었다.

궁극(窮極)의 경지를 향한 목마름, 그 처절한 욕망을 어떤
무인(武人)이 피해 갈 수 있겠는가.

또한 그가 어떤 경로로 여의환을 손에 넣었든 간에 여의환
이라는 위험한 법보의 탄생 비화가 제자들로부터 출발한 이
상, 이 끔찍한 결과는 모두 자신의 책임이었다.

때문에 장삼봉, 아니 수확하는 틈새를 처단하는 것이 마음
편할 리가 없었다.

'하지만 과(過)가 너무 크다.'

모든 원인이 자신으로부터 출발했다지만 그렇다고 장삼봉이 벌였던 참혹한 살인들이 정당화될 순 없다.

조휘가 존재력을 끌어올려 장삼봉을 서서히 압박하기 시작하자.

"고, 고작 나를 죽인다고 이 모든 업(業)과 겁(劫)이 끝날 것 같은가!"

잠시 주춤하는 조휘.

"그게 무슨 뜻이지?"

장삼봉이 조휘가 품에 갈무리한 여의환을 시선으로 가리키며 발악하듯 소리쳤다.

"나라고 번뇌와 참회가 없었겠는가! 나 역시 때론 욕망에 집어삼켜진 스스로를 지극히 혐오했었다!"

"그래서? 수많은 인간들의 생령을 죽여 삼킨 당신의 죄과(罪過)가 진정으로 참회가 되던가?"

"그, 그건!"

"이보게. 장삼봉. 그대의 말대로 나는 창조자에 필적하는 존재력을 닦은 이다. 그런 내가 단 한 번도 악(惡)의 유혹을 겪지 않았다고 생각하나?"

조휘가 존재력을 풀며 한없이 회한 서린 한숨을 내뱉는다.

"후…… 그래. 어디 한번 말해 봐라. 무수한 인간들의 생령을 자신의 존재력으로 치환하고 닦은 그 성좌(星座)란 도정에 어떤 가치가 있던가? 한없는 전능감에 희열과 전율로 몸을 떨었나?"

"……."

"아니었겠지. 인간의 격을 돌파하고 아득한 불멸의 존재가 된 그대였지만 결코 그것으로 만족하지 못했을 것이다. 욕망으로 닿은 곳에는 또 다른 욕망이 자리 잡고 있을 뿐이지."

"본 도는……!"

"부정할 셈인가? 아니라고 말하기에는 '수확하는 틈새'의 역사가 너무나 완악하다고 생각되지 않는가."

조휘가 품에서 여의환을 꺼내 만지작거린다.

"그대가 성좌대전에서 승리하여 모든 인간종을 섭식하고 창조자의 반열에 오른다고 해도 그대의 욕망은 결코 끝나지 않을 것이다. 당신은 기어이 창조자들을 다스리는 '태초(太初)'와도 대등해지려 들겠지. 그때는 창조자들을 섭식할 텐가? 법칙을 모두 먹어 치울 텐가? 영겁을 살며 태초와 대등해지면? 그 후에 당신에게는 무엇이 남지?"

"태초? 그는 어떤 존재지?"

단지 입을 열어 그 이름을 언급하는 것만으로도 알 수 없는 두려움으로 물들어 가는, 하지만 그런 경원과 함께 호기심과 투쟁심으로 얼룩지는 장삼봉의 표정.

이내 조휘의 얼굴에 경멸의 빛이 떠올랐다.

"수확하는 틈새. 당신은 욕망에 중독…… 아니 집어삼켜졌다. 욕망이라는 거대한 마(魔)에 섭식(攝食)당한 건 다름 아닌 당신이란 말이다!"

그 순간 장삼봉이 큰 충격을 받은 듯 안색이 새파래졌다.

"가, 감히! 무엄하다! 섭식은 나의 위대한 권능! 나는 섭식을 하는 존재지 당하는 존재가 아니다!"

"갈(喝)!"

조휘의 무한한 존재력이 발현되더니 이내 장삼봉의 목을 움켜쥐었다.

"인간의 생령으로 쌓아 올린 존재력! 끝없는 욕망에 집어삼켜진 그 더러운 영혼! 경지를 향한 당신의 광적인 집착까지! 나 '존재를 부정하는 자'의 신명으로 확약하노니 그대의 모든 것을 한없이 부정(否定)하겠다!"

하지만 장삼봉은 점차 미약해져 가는 자신의 존재력을 무기력하게 받아들이지는 않았다.

"자, 잠깐! 내가 왜 아무런 저항도 없이 여의환을 그대에게 건넸겠는가? 그 법보는 이 세계에 속한 물건이다! 나를 소멸시키고 그대가 다시 빠져나간다고 해도 그 위험한 법보는 이 세상에 그대로 남게 된다!"

조휘도 그 사실은 알고 있었다.

이곳은 자신이 아는 역사와는 전혀 다른 인과율이 적용된 세상.

자신이 동료들의 중원으로 돌아가는 그 즉시 '우주의 법칙'은 인과율의 반작용을 인식하고 반드시 여의환을 소멸시킬 것이다.

"분명 그 여의환은 본 도의 후학(後學)들에게 닿을 것이고…… 무당은…… 본 도의 무당은……."

이 순간 장삼봉은 제이, 제삼의 '수확하는 틈새'가 무당에서 배출되는 것을 걱정하고 있는 것이었다.

"내가 파괴할 것이다."

장삼봉이 단호하게 소리친다.

"이미 내가 수도 없이 시도한 일! 여의환 속에 담겨 있는 법력은 그야말로 무량(無量)하다! 그 일은 결코 불가능……!"

"아니, 이 우주에서 오직 나만은 가능해."

'존재'를 부정하는 자.

여의환이라는 존재 자체를 부정할 수 있는 우주의 유일한 성좌는 다름 아닌 조휘였다.

순간 장삼봉은 오늘의 일이 어떤 거대한 우주의 인과율에 의해 예정되어 있었다는 것을 운명적으로 깨달았다.

"허허……."

마침내 처연하게 웃으며 힘없이 축 늘어지고 마는 장삼봉.

삐빅-

-에테르 에너지가 부족해 더 이상 염동 터널의 가상화를 지속하는 것은 위험합니다. 곧 균열…….

그 순간 조휘는 자신의 존재력을 끌어올려 갓박스에 주입시켰다.

-경고! 경고! 염동 가상화 터널 내부에서의 스피리츄얼 파워의 활용은 극도로 위험합니다!

조휘는 갓박스의 경고음을 무시하며 무심히 창밖의 하늘을 올려다봤다.

과연 자신의 시야에 닿은 전경이 천천히 일그러지고 있었다.

지금의 자신, 즉 조휘에게 적용된 인과(因果)는 장삼봉이 살아가는 세계의 인과와 근본적으로 다르다.

애초부터 이 세상에 존재할 수 없는 '조휘'가 억지로 침범한 꼴이니 차원 붕괴가 일어날 수밖에 없는 것.

더 이상 이 장삼봉의 세계를 위험에 빠뜨릴 순 없었다.

"잘 가거라. 수확하는 틈새. 난 내 세계의 장삼봉만을 기억할 것이다."

장삼봉의 정수리부터 천천히 투명해지기 시작한다.

"허어…… 허허허……!"

존재를 부정하는 조휘의 의지는 이내 허탈한 웃음소리를 내뿜던 그의 입마저 집어삼켰고.

츠츠츠츠츠-

결국 이 세상에서의 '장삼봉'이 모두 부정되었다.

조휘가 의지를 거두지 않는 이상 다시는 이 세계에 현신할 수 없는, 그야말로 사실상의 소멸을 맞이한 것.

강호 무림의 대영웅이자 도가의 신화적인 인물인 장삼봉의 최후치고는 너무나도 허망한 최후라 할 수 있었다.

"사부님!"

"태사조님!"

이변을 눈치챈 무당의 원로들과 제자들이 서둘러 장삼봉의 처소로 들이닥쳤으나.

그들이 본 것은 자신들의 선조가 천천히 이 세상에서 지워지는 해괴한 장면뿐이었다.

무당의 도사들은 갑자기 천지간이 일그러지는 듯한 현상이 일어난 것과 마치 세상에서 지워지는 듯한 도조(道祖)의 최후가 서로 무관하지 않음을 직감했다.

"무, 무량수불! 도조께서 우화등선(羽化登仙)하시었다!"

"아아!"

"태사조시여!"

조휘는 이미 장삼봉의 도방에서 빠져나와 무심한 얼굴로 그런 무당 제자들을 지켜보고 있었다.

그는 엎드려 흐느끼고 있는 무당 제자들의 오해를 굳이 바로잡지 않았다.

장삼봉이 인간들에게 엄청난 해악을 끼친 절대적인 마(魔)라는 것을 굳이 알릴 필요는 없으리라.

남은 것은 이제 하나.

창공에 홀연히 떠 있던 조휘가 품에 갈무리하고 있던 여의환을 꺼내 들었다.

갓박스가 쉴 새 없이 경고성을 터뜨렸지만 조휘는 자신의 무한한 존재력을 일으켜 그대로 여의환을 부정(否定)했다.

우우우우웅-

'뭐지?'

조휘는 지극히 당황하고 있었다.

가벼운 진동만 일으키다 잦아들었을 뿐 여의환은 너무나도 멀쩡했다.

존재를 부정하는 자신의 권능이 부정(否定)되는 것은 억겁(億劫)의 세월을 살아온 조휘에게 처음 있는 일.

한데 그 순간.

화아아아아아악!

여의환에게서 엄청난 광휘가 뿜어져 나온다.

조휘가 자신의 모든 존재력과 권능을 일으켜 그런 광휘를 막으려 들었지만 여의환에 담긴 법력은 그야말로 상상을 초월!

여의환에 담긴 에테르(ether)가 무한(infinity)에 가깝다고 묘사한 갓박스의 연산은 과연 정확했다.

결국 조휘는 여의환의 광휘에 그대로 집어삼켜졌다.

"크윽!"

가히 영혼이 짓눌리는 듯한 엄청난 법력의 압박 속에서, 조휘는 겨우 의식을 부여잡으며 여의환의 영계(靈界)로 진입하고 있었다.

이내 조휘의 시야에는 의천혈옥의 영계와는 비교도 할 수 없는 광활한 공간이 펼쳐졌다.

광휘의 법력이 잦아들자 조휘가 서둘러 영계 내부를 이곳 저곳 살펴보았다.

"으음……."

영계의 하늘, 그 무한한 천공(天空) 속에서 무수한 영혼의 불꽃들이 부유하고 있었다.

조휘는 저 수많은 영혼들이 장삼봉이 집어삼킨 모든 인간들이라는 것을 직감적으로 알 수 있었다.

그들이 내뿜고 있는 생생하고도 처절한 감정들이 느껴진다.

영육(靈肉)을 잃은 그들은 다시는 환생할 수 없었다.

그저 이 의미 없는 공간에서 억겁의 시간 동안 부유하며 천천히 자아가 소멸되기를 기다릴 뿐.

그 지독한 고독을 경험으로 알기에 순간 조휘는 활화산 같은 분노가 치밀었다.

한데 그 순간.

저벅저벅-

자신을 향해 세 명의 노도인이 걸어오고 있었다.

조휘는 그들을 단숨에 알아봤다.

"너희들은!"

고아하게 튼 머리를 감싼 저 진청색의 면류관(冕旒冠)은 의천존자의 상징.

고대의 선술(仙術)로 뭉게구름을 온몸에 드리우며 나타난 노인 역시 틀림없는 무천도인이었다.

그리고 혼세마(混世魔).

영계 전체에 드리워진 그의 측량할 수 없는 마기란 가히 전율이 치밀 정도다.

조휘는 극도로 당황해할 수밖에 없었다.

의천존자와 무천도인의 영육이 온전하다는 것은 혼세마가 그들을 먹어 치운 것이 아니란 뜻.

설마 저들은 스스로의 의지로 혼세마의 법력에 합일(合一)되기로 한 것이란 말인가?

"사부를 뵙소이다."

정중한 예법으로 포권하는 의천존자.

조휘가 영계의 하늘에 무수히 떠도는 영혼의 불꽃들을 시선으로 가리켰다.

"대체 왜 이런 사악한 짓을 벌인 것이냐?"

의천존자가 면류관을 고쳐 쓰며 껄껄 웃었다.

"아직도 모르겠소 사부?"

무천도인이 그대로 바닥에 앉아 가부좌를 틀었다.

"모두 당신의 인과(因果)요."

혼세마 역시 당당히 좌정했으나 긴장하는 기색만큼은 역

력했다.

"이것이 당신의 존재를 '부정'할 수 있는 유일한 방법이기 때문이지."

마치 오랫동안 오늘을 기다린 듯한 그들의 태도에 조휘는 극도로 당황할 수밖에 없었다.

"사부. 사부의 끝없는 투쟁은 애초부터 모두 사부의 욕망으로부터 잉태된 것이오."

마치 자신의 기나긴 성좌대전의 역사를 모두 알고 있는 듯한 의천존자의 태도에 조휘가 황망하게 되물었다.

"네가 어찌⋯⋯?"

이어진 무천도인의 한숨.

"후, 당신은 스스로 자신의 인간애(人間愛)를 진실한 사랑이라 여길 테지만, 아니오. 그것은 욕망이오."

의천존자도 조용히 좌정했다.

"보시오. 애초부터 성좌들의 뜻을 무시한 것도 당신이고 법칙과 질서를 무시한 것도 당신이오. 인간을 지키고자 한다는 당신의 명분 아래 얼마나 많은 것들이 희생되었는지 진정 모르겠소?"

자신과 얽혀 있는 우주적 비밀들을 연신 읊어 내는 옛 제자들을 바라보며 조휘는 그들의 진정한 정체를 마침내 깨달을 수 있었다.

"너희들⋯⋯."

굳이 부정하지 않는 제자들.

"그렇소이다."

"사부의 짐작은 틀리지 않았소."

이들은 다름 아닌 성좌들이 그토록 닿고 싶어 하는 격(格).

즉 창조자들의 화신(化身)이었다.

달마 시절, 이들과 인연이 닿았던 것은 자신의 선택에 의한 것이 아니라 애초부터 이들의 의도였던 것!

오직 오늘을 위한 철저한 계획의 일환이었던 것이다.

조휘가 조소를 머금었다.

"하위 종족이 살아가는 물질계에 창조자가 의지를 드리우다니! 이것은 그대들이 세운 '우주의 법칙'을 스스로 부정하는 행위다!"

무천도인이 호탕하게 웃었다.

"껄껄! 허면 그대는 스스로 창조한 차원이 절멸(絶滅)에 이르는 것을 방치할 수 있단 말인가?"

"절멸?"

의천존자가 꾸짖듯 소리친다.

"대부분의 성좌들이 법칙을 부정하며 하위 종족의 물질계를 침범했다! 법칙을 부정하는 존재에게 향할 형벌이 무엇인지 그대 역시 모르지 않는바! 그대는 진정 이 우주적인 파괴를 지켜만 볼 수 있단 말인가!"

모든 성좌들의 소멸(消滅).

인간종의 멸망 따위와는 비교도 할 수 없는 무시무시한, 그 야말로 우주적인 재앙이었다.

성좌들이 모두 사라진 우주가 어떤 재앙으로 치달을지는 창조자들조차도 감히 예상할 수 없었다.

◆ ◆ ◆

"보라! 존재를 부정하는 자여!"

의천존자가 법력을 일으키자 영계의 하늘이 거대한 동경 (銅鏡)처럼 다른 장소를 비추기 시작했다.

그곳은 동료들이 성좌 군단들과 대치하고 있는 중원, 즉 천산(天山)의 대구릉이었다.

"그대가 아끼는 인간종보다 훨씬 많은 수의 성좌들이 저곳에 있다! 당신에게 저들은 진실로 아무런 가치도 없는 존재들인가!"

성좌들이 끝도 없이 도열해 있는 천산의 하늘.

하늘을 새까맣게 뒤덮은 성좌들로 인해 천산 전체가 칠흑처럼 어두워져 있었다.

그 수를 감히 헤아릴 수조차 없었다.

그때 의천존자가 성좌들의 수에 비해 형편없는 규모의 인간 진영을 시선으로 가리켰다.

"어째서 '사람의 불꽃'만이 우주의 모든 가치들 중에서 으

뜻이란 말인가! 성좌들 역시 끝없는 재능과 열정으로 우주의 축복 속에서 스스로 격(格)을 이룬 찬란한 존재들!"

조휘의 타오르는 눈빛이 그대로 의천존자에게 작열한다.

"성좌들의 오롯한 가치를 부정한 적은 없다. 다만 나는 그대들이 만든 '우열의 법칙'이 싫을 뿐."

지켜보던 무천도인이 한숨을 토한다.

"우열(優劣)이 없는 우주는 유지될 수가 없소. 은하가 성단을 거느리고, 별이 행성을 거느리는 우열의 도(道)가 없었다면 이 우주에 질서가 존재할 수 있겠소이까."

조휘 역시 물질계를 관통하는 '우열의 법칙'을 모두 부정하는 것은 아니었다.

인간종의 세상 역시 '약육강식'이라는 또 다른 이름의 '우열의 법칙'이 작동했다.

미생물을 양분 삼는 식물.

식물을 뜯어 먹으며 생명을 유지하는 초식 동물.

최종적으로 육식 동물이 그런 초식 동물들의 피와 살을 취한다.

이 약육강식의 법칙을 부정한다는 것은 그 모든 먹이 사슬의 정점에 서 있는 인간을 부정하는 것과 같다.

우열의 법칙이 사라진 세상에 펼쳐질 '무질서(Chaos)'의 위험성을, 조휘 역시 인식하고 있는 것이다.

그러나 조휘가 문제 삼고 있는 것은 성좌들이 우열의 법칙을 구사하는 방식, 즉 '유희(遊戲)'였다.

"좌들과 하위 종족 사이에 우열의 법칙이 작동할 순 있다. 격을 이룬 존재들에게는 그만한 자격이 있으니까. 하지만 그들의 하위 종족을 가지고 놀며 유희하는 것을 과연 그대로 방치해야 하나? 그들의 '놀이'와 '장난'에 의해 피폐해지는 하위 종족들의 영혼은 누가 구제해 주지? 진정 당신들은 성좌들의 '유희'까지도 우열의 법칙 아래 허용된다고 보는가?"

하나 창조자들의 화신들은 조휘의 말에 일말의 동요도 없었다.

"보라."

이윽고 영계의 하늘에 나타난 것은 중원의 흔한 '투견장'과 '투계장'과 같은 지하 도박장이었다.

참혹하게 피를 흘려 대면서도 서로를 향해 끊임없이 이를 드러낸 채 으르렁거리고 있는 싸움 개들.

인간의 손에 의해 날카롭게 벼려진 부리로 연신 서로의 몸을 찢어발기는 싸움닭들.

무천도인이 흥분과 희열, 분노와 증오로 얼룩져 흥분하고 있는 투견판의 인간들 얼굴을 천천히 훑고 있었다.

"당신은 왜 인간들의 유희는 징치(懲治)하지 않는 것이오?"

의천존자가 더없이 고아한 표정으로 조휘를 끈덕지게 응시하고 있었다.

"저 개와 닭들 사이에서 성좌가 탄생하여 그대를 향해 '법칙'의 모순을 운운한다면 과연 그대는 우리의 입장과 다를 것 같은가?"

"인간은……!"

조휘는 인간이 만물의 영장임을 말하려다 굳게 입을 닫고 말았다.

자신이 인간의 특별함을 내세우는 그 순간.

자신의 논리는 저 창조자의 화신들이 성좌를 보호하고자 하는 논리와 같아진다.

역설적이게도 그들의 논리를 스스로 뒷받침해 주는 꼴.

"우리의 시선에는 당신이 보호하고자 하는 인간종과 저 성좌들이 모두 동등하네. 또한 그들 모두가 법칙 아래 살아가며 또 순환되길 원하지."

무천도인이 조휘의 전면에 나서며 그윽한 눈빛을 발했다.

"그들을 놓아주시오. 더 이상 우주의 법칙을 부정하면서까지 인간종을 수호하려는 그대의 의지를 허용할 수 없소."

혼세마의 마기 그득한 눈빛이 그대로 조휘에게 작열했다.

"이제 그만 포기하라. 인간들을 보호하려고 하면 할수록 더 큰 우주적 재앙만 초래할 것이다. 당신의 도정은 끝없는 투쟁과 멸망만을 잉태할 뿐이다."

조휘의 다소 지친 듯한 눈빛이 영계의 허공 속에 부유하고 있는 무수한 영혼들을 향한다.

"내가 계속 성좌들의 유희를 용납하지 않는다면 어떻게

되지?"

혼세마의 단호한 외침.

"정해진 안배대로 그대는 이 영계와 함께 소멸될 것이다. 또한 그대의 세계에서 대치하고 있는 성좌들과 인간들을 중재(仲裁)하지 않겠다. 성좌들은 법칙을 부정한 죄로 모두 소멸될 것이며 인간종 역시 부정한 방법으로 각성한 죄를 물어 결국 멸종될 것이다."

조휘가 미래 세계의 초과학으로 완성한 달마진경 즉 '뉴럴 링크 칩'은 창조자들이 보기에 '시간의 절대성'을 위배한 부정한 물건.

이들은 지금 인간들의 죄(罪)를 말하고 있으나, 사실상 조휘에게 책임을 묻고 있는 것이나 마찬가지였다.

조휘가 침중한 표정으로 생각에 잠겼다.

이들은 자신에게 더 이상의 환생의 도정을 모두 끊으라 말하고 있었다.

모든 인과의 고리를 끊고 성좌계로 되돌아가 자숙하라 말하고 있었다.

그것도 아니라면 우주의 질서를 바로잡는 자신들과 같은 반열이 되길 원할 것이다.

물론 그 모든 일의 대전제는 인간을 향한 자신의 사랑을 끊어 내는 것.

하지만 과연 옳은 일일까?

자신이 포기하고 사라지면 다시 인간들은 성좌들의 끝없는 노리개로 남아 때론 타락하며 때론 절망하며 스스로의 운명을 비관할 것이다.

그러나 창조자의 화신들이 보여 준 '투견판의 논리'를 반박할 수가 없다.

저들은 이미 우열의 법칙이, 장구한 우주의 흐름 속에 확고하게 자리 잡고 있는 '자연계의 순수성'이라 말하고 있다.

한데 그때.

지지지직!

지지지지직!

갑자기 영계의 하늘에 균열이 일어나더니 익숙한 목소리들이 들려왔다.

"누아!"

"주인!"

"싯다르타!"

"조휘!"

"이 새끼야!"

천요력(天妖力)을 모두 소진한 듯 처참한 몰골로 악착같이 균열의 틈을 벌리고 있는 여와, 진가희!

거대해진 여의봉을 균열에 쑤셔 박은 채 미친 듯이 지탱하고 있는 제천대성!

거대한 동체를 구겨 넣으며 영계로 진입하고 있는 남궁장호와 염상록의 채찍에 매달려 있는 모든 동료들이 조휘의 동공에 투영되었다.

"이, 이런 미친 새끼들이······!"

여기가 어디라고 들어오는가!

창조자의 화신들이 만들어 낸 영계다.

이 위험천만한 영계는 저들이 아무리 각성했다고 해도 감당할 수가 없다.

여와와 제천대성, 그리고 단천양은 이 영계에 침입하기 위해 그야말로 자신들의 모든 존재력을 희생한 것으로 보였다.

뜨거운 눈물이 왈칵 쏟아진다.

이래서다.

지켜 내고자 하는 이를 위해 망설임 없이 자신의 목숨을 내놓을 줄 아는 착한 인간들.

그들은 우주의 어떤 하위 종족보다도 인연(因緣)의 소중함을 아는 존재들이었고, 그 어떤 위험에도 굴복하지 않는 찬란한 용기와 의지를 지니고 있었다.

그래서 그들을 사랑했고 그들을 지키고자 했다.

그들의 끝없는 열정, 그 타오르는 불꽃이 너무도 기꺼웠기에 영원토록 지켜보고 싶었다.

"으아아아악!"

"아이고!"

마치 자신에게 안길 듯 영계로 추락해 오는 동료들을 응시하며 조휘는 더없이 환하게 웃었다.

순간 그런 조휘의 입에서 신령스러운 우주적 언어가 흘러나왔고.

이내 창조자들의 세 화신체는 만족한 듯한 표정으로 고개를 주억거렸다.

의천존자의 나지막한 외침.

-승낙하겠다.

화아아아아아악!

균열에서 떨어지며 그대로 조휘에게 짓쳐 들던 조휘의 동료들.

한데 그들을 반긴 것은 조휘와 영계가 아니라 천산의 대구릉이었다.

쿠당당탕!

"악!"

"으악! 뭐야!"

눈밭을 구르며 화들짝 놀라 일어난 염상록이 황급히 주위를 살폈다.

"뭐, 뭐야?"

하늘에 끝도 없이 도열해 있던 성좌 군단이 거짓말처럼 모두 사라지고 없었다.

성좌들이 사라지자 다시금 천산에 태양빛이 드리워졌고.

대구릉에 집결해 있던 모든 중원인들이 멍하니 하늘을 올려다보고 있었다.

남궁장호가 거인화된 각성 형태를 거두며 진가희에게 다가갔다.

"어떻게 된 일이오?"

진가희는 조휘가 서 있던 자리에 서서 소리 없이 오열하고 있었다.

그녀가 찬란하게 내리쬐는 빛의 포말들을 바라보며 슬픈 얼굴로 처연하게 미소 지었다.

"당신은 느껴지지 않나요."

오직 삼황오제의 여와만이 느낄 수 있었다.

인간종 전체를 감싸고 있는 거대한 어떤 가호(加護)를.

"뭐가 느껴진단 말이요? 조휘 녀석은 어디에 있는 것이오?"

"그는 위대한 존재들과 어떤 거래를 했어요. 그리고 그 대가로……."

"거래?"

"대가?"

조휘의 동료들이 고개를 갸웃거리자.

"이제 성좌들은 자신들의 언령(言靈)을 하위 종족에게 직접 전달할 수 없어요. 오직 '의지'나 '뜻'을 겨우 표현해 올 뿐이죠."

"말을 하지 않고 어떻게 의지를 전달할 수 있단 말이오? 표현? 그건 뭘 의미하는 거요?"

남궁장호는 진가희의 말을 제대로 알아들을 수가 없었다.

"저도 확실히는 모르겠어요. 다만 그들의 '유희'에 커다란 제약이 생겼다는 것은 분명해요."

장일룡이 호탕하게 웃었다.

"어쨌든 형님께서 우주의 대신(大神)들과 거래를 했단 말이잖수? 크허허! 역시 조가대상회의 회장님이시오! 뼛속까지 상인이구려!"

옷매를 가다듬으며 진가희에게 다가오는 제갈운.

"그럼 조휘 녀석은 어찌 된 거죠? 그런 엄청난 가호가 인간에게 주어졌다면 분명 그에 상응하는 뭔가를 내어 줘야 했을 텐데?"

염상록도 함께 말했다.

"그러니까 그 녀석을 다시 볼 순 있는 거냐고?"

진가희는 그 말에 끝내 대답하지 않았다.

아니 대답할 수가 없었다.

파파파파곽!

파파파파파곽!

수천 발의 폭죽이 터지며 자욱한 연기가 피어난 대로변에는 포양호 사람들이 구름처럼 몰려와 있었다.

"저게 그 조가천상복합루란 것이우?"

"시상에! 저, 저게 도대체 몇 층이냐고!"

그 거대한 전각 단지들의 위용이 웅장하다 못해 압도될 지경!

포양호 수변을 따라 절묘하게 지어진 십 층 높이의 전각들이란 중원인들에게 마치 천혜의 절경(絶境)을 보는 것보다 더 큰 충격을 선사하고 있었다.

전각들의 주변 곳곳을 장식하고 있는 화려한 기화이초들.

거대하게 조성된 연못과 둘레길, 삐거덕거리며 천천히 돌아가고 있는 물레방아, 그런 물레방아의 수력(水力)에 의해 작동되고 있는 온갖 기관들!

과연 천상의 선계(仙界)가 있다면 과연 이곳일까 싶을 정도였다.

그렇게 포양호 사람들이 멍한 얼굴로 조가천상복합루 단지를 바라보고 있을 때 어디선가 소란스러운 음성들이 들려오기 시작했다.

"어허! 일 단지는 우리 팽가(彭家)의 것이네! 이미 조휘 회장의 약조가 있었다니까!"

"무슨 소리요! 소검신께서는 분명 우리 당가(唐家)에게 일 단지를 약속하셨소! 여, 여기 계약서를 보시오!"

"뭣!"

조가대상회의 인장이 선명하게 찍혀 있는 계약서의 무수

한 조항을 살피더니 하북팽가주 무극도왕(無極刀王) 팽율천이 대노했다.

"이런 육시랄! 감히 이 무극도왕을 뭘로 보고!"

한데 그때.

"무량수불, 그 무슨 섭섭할 소릴."

화려한 라이더 재킷을 멋들어지게 입고 도착한 무당 장문 청허진자(清虛眞子).

위는 라이더 재킷, 아래는 도포 하의를 입고 있는 그 모습이 다소 우스꽝스러웠으나 그 표정만큼은 근엄하기 짝이 없었다.

곧 그가 당가주 독룡제를 향해 조휘의 친필 서신을 들이밀었다.

"보시게. 조가대상회와 무당파 사이에는 이미 오랜 밀약이 있었네."

"그 무슨?"

"어허, 이걸 보래도. 틀림없이 일 단지는 우리 무당의 것이라는 것을 그가 약조하지 않았는가."

"뭣이!"

거듭되는 혼란!

준공식을 주관하고 있던 제갈운이 그런 황당한 광경을 목도하더니 온몸을 부들부들 떨었다.

"이, 이런 개자식!"

조휘가 중원의 대문파들과 거래를 트며 맺은 온갖 공수표들!

그때그때 위기를 돌파하기 위해 했던 조휘의 입 발린 약속들이 드디어 무시무시한 청구서가 되어 모두 자신에게 날아들고 있었다.

장일룡의 솥단지 같은 손이, 하지만 매우 아름다운 섬섬옥수가 제갈운의 어깨를 부드럽게 감싸 안았다.

"흐흐, 형님께서는 이 아우에게도 꼭대기 층을 약조하셨수."

"뭐, 뭐라고!"

조가천상복합루의 꼭대기 층은 최고의 자재로 완성된, 복층 구조의 그야말로 대궐과 같은 저택이었다.

무수한 편의 시설을 자랑하는 꼭대기 층은 왕족, 혹은 그에 준하는 신분을 지닌 자들에게 이미 모두 완판된 상태.

"안 돼! 거기가 얼만 줄 알아?"

장일룡의 얼굴이 험상궂게 일그러졌다.

"싯팔, 우리끼리 이러기요?"

남궁장호의 여동생, 남궁소소가 호호 웃으며 제갈운의 팔짱을 끼었다.

"저와 오라버니가 함께 살 집인데 어떻게 안 되겠어요?"

"뭐, 뭐라고요?"

뒷머리를 긁적이는 장일룡.

"그, 그렇게 됐수다."

"이런 씨……."

남궁소소가 제갈운을 표독하게 쏘아붙였다.

"뭐 안 된다면 할 수 없죠. 할아버지께 일러…….."

으아아아아아악!

처절한 비명을 지르며 장내를 벗어나 버리는 제갈운.

멀리 지붕 위에 올라 그 광경을 지켜보고 있던 진가희가 시리도록 푸른 포양호의 하늘을 응시했다.

'내내 평안하시기를.'

어디선가.

살아 있는 내내.

그는 인간을 사랑할 것이다.

그의 희생과 가호 아래 살아갈 머나먼 미래의 인간들도 내내 안녕하시길.

〈완결〉

회귀로
영웅독점

수없이 이어져 온 인간과 나찰 간의 전쟁.
그 안에서 홀로 살아남은 건
가장 재능 없다 여겨졌던 둔재, 이서하뿐.

'처음부터 다시 해 보자.'

이제껏 도망만 쳐 왔으나, 이제는 다르다.
복수의 돌로 다시 시작하는 인생.

안타깝게 스러져 간 영웅들.
대적을 도륙시킬 희대의 보구들.
그 모든 것을 선점해 역사를 바꾸리라.